Pour un rêve d'amour

Violet Winspear

ÉDITIONS HARLEQUIN

Cet ouvrage a été publié en langue anglaise
sous le titre :

THE SILVER SLAVE

48, avenue Victor-Hugo, Paris XVIe Tél. 500-65-00.
ISBN 2-280-01021-6
ISSN 0182-3531

1

La route était très inégale. Sans l'excellente suspension de la voiture, Rosary aurait été projetée contre l'autre passagère chaque fois que le chauffeur prenait un virage ou s'engageait sur les pavés d'un village. Le cadre était d'une beauté saisissante. De nombreuses maisons possédaient un cachet mauresque, d'autres se dressaient au milieu de jardins ornés d'une admirable flore tropicale. Le passé semblait encore vivant sur l'île et un charme indéfinissable, presque magique, s'en dégageait.

Les descriptions pourtant détaillées de Lola Cortez, qui habitait à Vozes do Mar, n'avaient qu'imparfaitement préparé Rosary au spectacle qu'elle découvrait. Fascinée, elle contemplait avec ravissement par la vitre de la voiture ce petit territoire portugais dont elle respirait enfin l'air.

Lola, l'amie de son employeur, était allée chercher la jeune Anglaise à Lisbonne. Celle-ci se rendait à Vozes do Mar pour s'occuper de la fille unique du gouverneur, âgée de quinze ans. Pendant le trajet, Lola avait vanté à sa compagne le *palacete,* résidence officielle de Dom Duarte de Montqueiro Ardo. Elle-même vivait avec son frère, un artiste, dans une maison proche du palais. Le gouverneur les y recevait parfois et il semblait avoir inspiré une certaine admiration à sa voisine.

— Nous sommes de temps à autre conviés à dîner

chez lui, expliqua-t-elle. Dom Duarte donne des réceptions pour des nobles et des gens du grand monde qui viennent de Lisbonne en avion privé. C'est passionnant de se mêler à eux...

Les yeux perdus dans le vague, Lola s'interrompit et joua un instant avec l'un de ses gants noirs.

— Parfois, Dom Duarte se comporte d'une manière un peu distante, mais c'est normal.

La Portugaise aux sombres yeux brillants considéra soudain Rosary avec une attention nouvelle :

— Depuis que nous sommes sur l'île, votre blondeur me frappe davantage... et vous ne me semblez pas beaucoup plus âgée que Gisela.

— Je n'ai que cinq ans de plus que ma future élève, avoua Rosary avec un sourire, et aussi un peu d'appréhension.

Elle prenait maintenant pleinement conscience de sa qualité d'étrangère. Sur cette petite île, elle ne passerait pas inaperçue. Le soleil allait d'ailleurs encore éclaircir ses cheveux.

— Vous n'avez donc que vingt ans! s'exclama Lola. Dom Duarte a dit à mon frère Dacio qu'il attendait une femme d'expérience pour s'occuper de Gisela. Une femme d'expérience!

Elle éclata de rire.

— A vingt ans, vous n'êtes sûrement pas celle qu'il recherche. De toute façon, pour les Portugais, une femme à laquelle on peut vraiment se fier est une femme mariée.

— Ce n'est pas toujours le cas, répliqua un peu sèchement Rosary. Quel genre de personne est l'épouse de Dom Duarte? Elle est très belle, je suppose.

— Elle était belle.

L'expression de Lola s'assombrit.

— N'êtes-vous pas au courant?... Ne vous a-t-il pas écrit que Gisela n'a plus de mère?

De surprise, Rosary écarquilla les yeux. Elle n'avait

pas imaginé le gouverneur de Vozes do Mar sous les traits d'un veuf. Elle avait cru rencontrer au *palacete* une élégante hôtesse, une femme tellement absorbée par ses devoirs mondains qu'elle n'avait pas assez de temps pour sa fille. Dans sa lettre, Dom Duarte avait simplement expliqué à Rosary qu'il avait envoyé Gisela dans un pensionnat. Là, l'enfant s'était tellement ennuyée de son île qu'il avait décidé de l'y faire revenir et d'engager quelqu'un pour assurer son éducation. Et maintenant, Rosary apprenait que son élève était orpheline.

— C'est triste pour elle et pour son père. Est-ce récent?

— Non, Gisela avait neuf ans.

— Après cette épreuve, je comprends que Dom Duarte n'ait pas eu le cœur de la forcer à rester dans un pensionnat.

— Il peut se montrer très humain, accorda Lola en réajustant l'une de ses boucles d'oreilles. Mais il est aussi dur et autoritaire. Je parie que vous avez un peu peur de faire sa connaissance.

— Un peu, admit Rosary. Je me demande si... N'y a-t-il pas une seule femme au palais?

— Si, Azinha, la tante du gouverneur. Son influence est grande dans la maison mais le choix du professeur de Gisela ne dépend pas d'elle. Sinon, je pense qu'elle ne vous aurait pas retenue.

— Et pourquoi pas? s'enquit Rosary, légèrement indignée. J'ai appris la musique et la littérature avec Courland Bell. Ce seul fait a suffi à impressionner Dom Duarte.

— Votre nom de famille n'est-il pas Bell? questionna Lola, l'air très intéressé.

Rosary acquiesça avec un doux sourire.

— Je suis la petite-fille du célèbre Courland Bell. Plusieurs grands musiciens et chanteurs d'aujourd'hui ont été ses élèves. Je me suis permis de le signaler à Dom Duarte en postulant pour cet emploi...

— Avez-vous aussi mentionné votre âge? s'enquit Lola sur un ton perfide.

— Non... Est-ce important?

— Peut-être. Les Portugais sont des gens à principes. Ils peuvent trouver inconvenant qu'une personne aussi jeune que vous vive sous le même toit que le gouverneur.

— Voulez-vous dire que...?

Lola inclina sa jolie tête brune aux boucles retenues sur la nuque par une barrette en écaille de tortue.

— Vous n'êtes plus une enfant et pas encore une *duena*. En outre, étant donné votre beauté, personne ne vous jugera inoffensive.

— Quel mal puis-je faire? ricana Rosary. Je ne suis pas en quête d'un mari. J'ai seulement l'intention d'accomplir au mieux ma tâche et de me faire aimer de Gisela. Je n'ai pas de... visées sur son père.

— Peut-être changerez-vous d'avis quand vous le verrez. Il ne laisse pas les femmes indifférentes. Ce n'est pas n'importe qui, croyez-moi! Il mérite qu'on l'appelle « Votre Excellence ».

Rosary était de plus en plus perplexe. Pas un seul instant elle n'avait imaginé que son employeur était un veuf séduisant. Pas un seul instant elle n'avait songé que son installation chez le gouverneur risquait de provoquer des commérages. Elle espérait bien ne pas avoir parcouru tout ce chemin pour apprendre qu'elle ne remplissait pas les conditions nécessaires à cet emploi. Ah, pourquoi n'avait-elle pas indiqué son âge dans sa lettre?

Lola l'interrompit au beau milieu de ses réflexions en s'exclamant :

— Regardez! Nous pénétrons dans le domaine.

Une certaine crainte se mêla à l'enthousiasme de Rosary. Lola ne contribua pas à la rassurer lorsqu'elle frappa un petit coup sur la vitre qui les séparait du chauffeur. Elle lui demanda de s'arrêter au prochain tournant de l'allée ombragée d'arbres qui, à travers les jardins, menait au *palacete*.

— Accompagnez-moi jusqu'au bout! supplia Rosary.

— Non, il vaut mieux que vous arriviez seule, affirma Lola en secouant la tête. Dom Duarte m'a uniquement demandé d'aller vous chercher à Lisbonne. Je ne suis pas chargée de faire les présentations.

Rosary se mordilla nerveusement les lèvres en songeant à l'homme qu'il lui faudrait donc rencontrer seule. Sa compagne descendit avec grâce de la voiture et prit le léger bagage que le chauffeur avait sorti du coffre pour elle.

— J'espère que nous nous reverrons, lança la jeune Anglaise.

— Bien sûr, répondit Lola. A moins que Dom Duarte ne se montre trop attaché aux traditions. D'habitude, les personnes chargées de l'éducation des enfants sont d'âge mûr. Je vous souhaite bonne chance. S'il vous renvoie, je serai de toute façon parmi les premières personnes à l'apprendre.

— Par qui? questionna Rosary.

— Dacio, évidemment. Il travaille au palais. Dom Duarte lui a confié la restauration des tableaux.

Agitant la main, Lola s'engagea sur le chemin qui menait à la maison où elle vivait avec son frère. Rosary se laissa de nouveau aller en arrière sur son siège et la luxueuse voiture redémarra. Sous le corsage rose de la jeune fille, son cœur battait très fort. Elle avait posé sa candidature pour cet emploi comme on se lance dans une aventure. Elle n'avait pourtant pas prévu les complications que créeraient les conceptions strictes des Portugais.

Son regard tomba sur le dos du chauffeur à l'uniforme élégant, à la casquette posée bien droite sur les cheveux noirs. Cet homme avait eu envers elle un comportement poli mais tout à fait impersonnel. Pas le moindre battement de paupières n'avait trahi son étonnement. Il devait cependant se demander pourquoi son maître avait choisi pour professeur une jeune fille qui paraissait encore en âge d'en avoir un elle-même.

Courland Bell, le cher vieil homme, avait ri à l'avance de cette situation. Il n'avait pas seulement enseigné à sa petite-fille l'amour de la musique. Il lui avait aussi appris à se montrer indépendante et à saisir toutes les occasions que la vie lui offrait. Ayant perdu ses parents, Rosary avait vécu auprès de lui depuis l'enfance. Il lui avait transmis une expérience si riche que, derrière son allure juvénile, Rosary cachait une grande maturité.

— Va donc à Vozes do Mar, lui avait conseillé Courland. Tout le monde devrait au moins une fois dans son existence vivre sur une belle île au soleil.

Et à présent, Rosary était arrivée à Vozes do Mar. Par la vitre, elle voyait les hauts murs qui avaient remplacé les arbres. Ils étaient couverts de fleurs colorées et parfumées, ici un voile de jasmins, et là les cascades d'un frangipanier dont les étoiles roses évoquaient l'amour et les légendes.

Dans un lointain passé, une femme avait sans doute fait planter cette végétation exotique pour accueillir dans la beauté les visiteurs du palais.

Une ouverture apparut soudain entre les grands murs et Rosary se pencha en avant, retenant sa respiration, pour découvrir la résidence du gouverneur. Ses tours de pierre et ses terrasses, ses balcons en fer forgé aussi fin que de la dentelle se détachaient comme s'ils avaient été sculptés sous l'arche du ciel. Dans les tons bruns, la construction semblait faire corps avec la terre. Des paons blancs se promenaient sur les pelouses, déployant leurs éventails de plumes claires dans la lumière dorée.

Tout était gracieux et d'un charme exquis. Lorsque la voiture s'immobilisa devant le grand perron, Rosary vit les armoiries de la famille, gravées dans la pierre au-dessus de la porte. Elle descendit avec empressement du véhicule, admirant une fontaine baroque, puis la volée de marches qui menait jusqu'au portique à colonnes.

L'émerveillement lui coupa le souffle. La maison était magnifique et elle eut soudain le sentiment de ne pas être digne de ce cadre majestueux. Elle n'avait rien à faire ici.

Tandis qu'elle restait au pied des marches, paralysée à la fois par l'admiration et la peur, la porte s'ouvrit. Un homme en livrée descendit à sa rencontre. Il se chargea de ses valises et la conduisit à l'intérieur. Prenant une profonde inspiration pour se donner du courage, elle le suivit. Elle crut glisser plus que marcher dans le hall au sol de marbre blanc et brillant. Des deux côtés se dessinaient d'élégantes arcades surmontant des statues et d'énormes pots de fleurs. Les dieux et les déesses de la mythologie ornaient les plafonds, évoluant entre les lustres en fer forgé travaillés comme des bijoux.

Des ventilateurs entretenaient dans ce hall une fraîcheur délicieuse après la chaleur du trajet en voiture. L'homme attendit poliment tandis que Rosary regardait autour d'elle et, lorsqu'elle se souvint enfin de sa présence, elle découvrit un visage à l'expression courtoise mais indéchiffrable.

— Si vous voulez bien me suivre, *senhorita,* je vais vous montrer votre chambre.

Trois galeries, réunies par un escalier doté d'une belle rampe aux arabesques métalliques raffinées, formaient comme trois ponts au-dessus du hall. Rosary fut conduite jusqu'à la galerie supérieure, puis le long d'un couloir illuminé par le soleil passant à travers des vitres roses. Le domestique s'arrêta devant une porte et l'ouvrit. Rosary fit ses premiers pas sur la douceur d'une moquette vert émeraude qui contrastait vivement avec le bois doré du mobilier et le beige brillant des rideaux.

Rosary ne connaissait ce genre de chambre que par

les photographies des magazines. Elle avait du mal à croire que cette pièce était maintenant la sienne. Derrière un passage voûté, elle en aperçut une autre, plus petite, qu'elle identifia comme son salon privé.

La jeune fille se tenait dans l'entrée comme au seuil d'un rêve. L'homme en livrée déposa ses valises sur un banc au pied du lit couvert de soie verte.

Un petit frisson de plaisir parcourut Rosary. Non, elle ne rêvait pas. Elle était bien là, en chair et en os, parce que son grand-père avait eu la bonne idée de lui faire apprendre plusieurs langues. Par goût, elle avait choisi l'italien et le portugais. Lorsque le domestique s'adressait à elle, elle le comprenait parfaitement.

— La *Senhora* de Ardo va vous recevoir, annonça-t-il. Vous serez avertie dès qu'elle sera libre.

— Merci, fit Rosary avec un petit sourire auquel l'homme opposa un visage toujours inexpressif.

Il sortit en refermant doucement la porte derrière lui, laissant la jeune fille dans un silence que troublait à peine le ronronnement du ventilateur. Pas le moindre souffle de vent n'agitait les rideaux et, des grandes fleurs placées dans les vases, émanait un parfum entêtant.

Rosary se demanda si Gisela avait guetté son arrivée et elle entrouvrit sa porte, espérant presque trouver l'enfant derrière. Elle avait hâte de s'en faire une amie. Lola s'était montrée chaleureuse mais, par ses propos, elle avait inquiété Rosary. Elle appréhendait à présent de rencontrer la *Senhora* de Ardo. Elle se l'imaginait très raide et peu disposée à réserver un bon accueil à une très jeune femme. Elle n'avait sans doute aucune envie d'ouvrir les portes du palais à une demoiselle anglaise à l'esprit moderne.

Nerveuse, Rosary marcha jusqu'à l'une des fenêtres et, obéissant à une impulsion, elle sortit sur le balcon et regarda autour d'elle. Le soleil de l'après-midi l'éblouit et l'air tropical assaillit ses narines. Il lui monta à la tête comme du vin.

Son balcon était suspendu comme un panier fleuri audessus du patio où luisait un étang couvert de nénuphars. Derrière se dressaient des saules. A travers leur voile vert, Rosary aperçut une silhouette blanche qui tentait de se cacher. La forme claire était sûrement en train de l'épier. Soudain elle disparut.

Au même moment, quelqu'un toussa poliment derrière Rosary et elle se retourna vivement. Une servante lui adressa un sourire timide, mais il s'agissait enfin d'un sourire, et elle lui sourit en retour.

— Est-ce qu'on me demande?

La jeune femme inclina la tête... Ses yeux grands ouverts de surprise étaient rivés sur Rosary.

— Voulez-vous venir à la *sala, senhorita?* La maîtresse de maison veut vous voir.

Rosary s'examina dans la glace. Elle y découvrit un petit visage aux traits tendus, au menton relevé, un visage prêt à la bataille. Son ensemble gris perle faisait bon effet et elle se félicitait d'avoir permis à Courland de le choisir pour elle. Les chaussures et le sac à main rose pâle ajoutaient une note de distinction. Ne portant jamais beaucoup de maquillage, Rosary avait l'air simple et discrète. En outre, son expression sérieuse saurait bien convaincre la *Senhora* de Ardo de ses capacités.

A la suite de la servante, elle descendit l'escalier et longea un couloir décoré de portraits officiels placés dans des cadres sculptés. Tous ces êtres immortalisés paraissaient la fixer sévèrement au passage et elle se souvint des paroles de Lola sur sa blondeur. Elle était aussi peu à sa place ici qu'une marguerite parmi les plantes exotiques.

A cette pensée, elle se mordilla les lèvres, mais une immense double porte se dressait déjà devant elle. La servante frappa, ouvrit, puis laissa Rosary affronter seule la maîtresse du palais.

— Bonjour, Miss Bell.

La femme se tenait près d'une fenêtre qui donnait sur une terrasse. Son attitude fut de stricte courtoisie, sans la moindre chaleur. Son regard jaugea instantanément Rosary et, d'une main ornée d'une bague magnifique, elle désigna à la jeune fille une chaise à dossier haut et étroit, recouverte de soie.

— Bonjour, *senhora,* répondit Rosary en s'efforçant d'avoir l'air très sûre d'elle.

Elle n'avait pas l'intention de se laisser intimider par cette femme à l'allure hautaine et impérieuse. Elle tenait à prouver qu'elle n'avait pas perdu son temps en venant jusqu'ici. Et ceux qui l'avaient invitée à se présenter ne l'avaient pas perdu non plus.

— Je suis émerveillée par toutes vos fleurs! lança-t-elle sur un ton très naturel.

— Aimez-vous les fleurs? questionna la *Senhora* de Ardo en se penchant sur une table où étaient posées de fines tasses en porcelaine, une théière en argent et un plat contenant des gâteaux trop beaux pour être mangés.

— Oui, je suis amateur de jardins, affirma Rosary avec un sourire. C'est l'une des raisons qui m'ont attirée à Vozes do Mar. On m'a dit que c'était l'île des fleurs.

Le sourire de la jeune fille rencontra un regard sombre, presque noir.

— Prendrez-vous du thé, Miss Bell?

— Oui, s'il vous plaît, répondit-elle, glacée malgré elle par cette réaction.

— Du sucre et du lait?

— Oui, merci.

Pendant que la *senhora* la servait, Rosary l'étudia à la dérobée. Dans sa jeunesse, elle avait dû posséder une splendide chevelure aussi noire que ses yeux. Argentée maintenant, elle était nouée en un austère chignon. Des perles pendaient aux oreilles de la *senhora* et elle portait une robe violette de coupe stricte. Sur chacune de ses mains brillait une grosse bague et en outre, un large bracelet en or entourait l'un de ses poignets. Son visage exprimait une dignité rigide. Rosary devina qu'elle était veuve.

Elle tendit une tasse de thé à la jeune fille et déposa auprès d'elle sur une petite table une assiette, une serviette en dentelle et une fourchette à gâteaux en argent.

— Servez-vous, Miss Bell, je vous en prie.

— Volontiers, *senhora,* cette pâtisserie a l'air délicieuse.

La femme hocha la tête comme pour confirmer qu'au palais tout était délicieux et parfait. Elle s'assit à son tour et considéra Rosary.

— Nous vous avons dit, commença-t-elle, que nous désirons pour Gisela une personne expérimentée, et vous êtes... jeune, très jeune!

— Oui, *senhora,* mais je possède toutes les connaissances que le père de Gisela a exigé d'un professeur. Mon âge ne joue pas.

— Vous sentez-vous capable de maintenir la discipline alors que vous êtes à peine plus âgée qu'elle?

— Je ne suis pas un bourreau, avoua Rosary avec un demi-sourire, mais je crois qu'on peut obtenir d'excellents résultats par la gentillesse.

— Avez-vous déjà eu d'autres élèves, Miss Bell?

— Pas en privé, *senhora.* Comme je l'ai expliqué dans ma lettre à Dom Duarte, j'ai enseigné l'année dernière dans l'école de musique de Courland Bell. Mais j'avais envie de voyager. Aussi, quand un ami de mon grand-père m'a appris que le gouverneur de Vozes do Mar cherchait un professeur de musique et de littérature pour sa fille, j'ai décidé de poser ma candidature. Je dois tout ce que je sais à mon grand-père. Vous avez certainement entendu parler, *senhora,* de la cantatrice portugaise Irena Marcos. Elle fut son élève, je ne peux pas mieux dire. Et je suis prête à transmettre mon savoir à Gisela.

— Vous me semblez très sûre de vous, Miss Bell.

Les yeux noirs se fixèrent sur Rosary.

— Lorsque mon neveu a décidé de donner une éducation à domicile à sa fille, il songeait à lui trouver un professeur disponible plusieurs années de suite. Or vous êtes très jeune, très jolie. Vous souhaiterez sans doute bientôt repartir pour... vous marier.

— Je ne forme pas du tout ce genre de projet! protesta Rosary. Je ne songe pas à me marier pour le moment.

— Vraiment?

La *senhora* de Ardo haussa les sourcils.

— Les Anglaises sont-elles si différentes de nos jeunes filles dont le désir est de se marier le plus vite possible?

— Ne choisit-on pas leurs maris pour elles? répliqua Rosary. Si les parents commandent, les enfants doivent obéir, mais dans mon pays, nous préférons souvent une carrière à la vie de femme d'intérieur. Mon grand-père n'aurait pas l'idée de choisir un homme pour moi. Il m'a appris à vivre dans l'indépendance.

— Cela convient sans doute très bien à une Anglaise, mais j'espère que vous n'irez pas mettre ces conceptions révolutionnaires dans la tête de Gisela, déclara la *senhora* en guise de mise en garde solennelle. Son père est un Portugais de grande famille et il a évidemment fait des plans pour l'avenir de sa fille.

Rosary n'en doutait pas, et elle n'avait de toute façon pas l'intention de dresser Gisela contre les principes de sa famille.

— Je voudrais seulement être un bon professeur pour elle, affirma-t-elle.

Ce disant, elle regarda la *senhora* droit dans les yeux, lui indiquant qu'elle ne se laisserait pas abattre par sa méfiance.

— Il n'est pas question pour un professeur d'imposer ses conceptions personnelles à un élève, pas plus qu'il n'est question pour moi de me laisser influencer par les coutumes portugaises.

— Vous êtes très directe, Miss Bell.

— Oui, accorda-t-elle sans manifester la moindre intention de s'en excuser.

On l'avait engagée comme professeur et non comme servante toujours condamnée à s'effacer et à s'incliner.

— Je travaille pour gagner ma vie, mais je reste libre de mes idées et de mes actes, déclara-t-elle fermement. Si je ne suis pas le genre de personne que vous recherchez, je conseillerais à Dom Duarte de renoncer à trouver un professeur en Angleterre. Peu de mes compatriotes accepteraient à notre époque d'être traitées comme les femmes soumises de l'ère victorienne.

— Vraiment!

Pendant un bref instant, une lueur d'amusement brilla dans les yeux de la *senhora,* puis elle détourna vite son regard vers la terrasse inondée de soleil.

— Que pensez-vous du *palacete?* Il n'est pas très grand mais imposant, n'est-ce pas?

— Au premier coup d'œil, il m'a coupé le souffle, reconnut Rosary avec une pointe d'humour.

Elle devinait les pensées de l'autre femme et celle-ci ne se trompait pas. Jamais encore Rosary n'avait eu l'occasion de travailler dans un tel cadre.

— C'est un endroit historique, Miss Bell. Souvent déjà les Montqueiro ont régné sur l'île et sur ses habitants. Si mon neveu n'était pas si entêté dans ses idées démocratiques, il pourrait porter le titre de *Duque de Montqueiro,* comprenez-vous ce que cela signifie?

Elle voulait visiblement intimider Rosary en lui montrant de quel personnage important elle allait dépendre.

— Il est le *Duque de Montqueiro,* mais il se contente du titre plus modeste de Dom Duarte.

Rosary restait songeuse, non pas parce que Dom Duarte était duc, mais parce qu'il renonçait si facilement à un titre que d'autres se seraient disputé avec acharnement. Cet homme commençait à l'intriguer.

— J'espère que mon jeune âge n'empêchera pas Dom Duarte de me confier une tâche que je m'estime parfaitement capable d'accomplir, déclara-t-elle en s'essuyant les lèvres avec sa serviette en dentelle. Je crois que je serais très heureuse si je pouvais travailler ici. Je n'aime pas particulièrement la ville, les distractions qu'on y trouve ne me manqueront pas. Est-ce que Gisela sait nager?

La *senhora* hésita avant de répondre :

— Cette enfant n'est pas l'une de vos compatriotes sportives et robustes. A neuf ans, elle a souffert d'une très grave maladie...

— Au moment de la mort de sa mère, murmura Rosary presque pour elle-même.

— C'est exact. Ce fut un choc terrible et Gisela n'avait ni frère ni sœur pour compenser un peu cette perte. Elle était folle de douleur, et elle s'est enfuie...

— Enfuie!

— Oui, en plein orage. Nous avons eu très peur. Elle a attrapé une mauvaise fièvre et pendant quinze jours, nous avons craint le pire.

Les deux mains baguées s'élevèrent d'une manière éloquente.

— Vous comprendrez mieux ainsi pourquoi mon neveu entoure Gisela d'attentions particulières. Il ne sera pas très favorable à l'idée de la placer sous la responsabilité d'une personne aussi jeune que vous. Il aura peur que vous ne veilliez pas suffisamment sur sa santé.

Rosary se colora vivement sous l'effet du dépit.

— Je saurai prendre soin d'elle si elle est fragile. Je ne la pousserai pas au-delà de ses forces, loin de moi un tel manque de jugement! S'il faut respecter des règles concernant la santé de Gisela, je serai la première à les appliquer.

— Je veux bien vous croire, répondit la *senhora*. Je vous trouve cependant d'un tempérament un peu trop vif. Il faudrait quelqu'un de plus calme pour Gisela. De toute façon, c'est mon neveu qui décidera. Il va vous recevoir. Moi, je n'ai fait que vous offrir du thé et quelques conseils.

Comme la *senhora* se levait, Rosary l'imita.

— Merci pour le thé et ces délicieux gâteaux, dit-elle. Quand Dom Duarte me recevra-t-il?

— Lorsqu'il le pourra.

— En attendant, pourrais-je... faire la connaissance de Gisela?

— Ce n'est pas souhaitable, Miss Bell. Je viens de vous le dire, vous n'êtes pas la personne que recherche mon neveu. En conséquence, mieux vaut ne pas donner de faux espoirs à Gisela, ni à vous-même d'ailleurs.

— Ai-je une chance de plaire à Dom Duarte? osa demander Rosary.

Haussant les épaules, son interlocutrice l'accompagna jusqu'à la porte de la *sala*. Elle l'ouvrit et Rosary eut l'impression d'être mise dehors après un sermon. Lola avait eu raison de la prévenir contre la tante du gouverneur. Elle ne voulait pas d'une jeune fille spontanée et dynamique dans le palais. Il lui fallait une femme d'un certain âge, malléable, facile à dominer. Elle craignait les changements qu'une étrangère risquait d'introduire dans cette vieille demeure. Rosary ne put s'empêcher de sourire en contemplant le grand hall autour d'elle. Chaque objet y occupait rigoureusement sa place.

Repérant une porte entrouverte, la jeune fille ne résista pas au désir de la franchir et elle se retrouva dehors, au soleil, parmi les fleurs odorantes.

Faisant le tour du patio, Rosary découvrit un grenadier aux fruits rouille doré. Un bruit de pas derrière elle l'incita à se retourner vivement. Elle espérait voir Gisela. Il s'agissait en fait d'un jeune homme élancé, vêtu d'une chemise bleue et d'un pantalon beige. Un sourire éclaira ses traits séduisants et ses yeux, se posant sur Rosary, exprimèrent immédiatement l'admiration. Il apprécia la manière dont sa fine silhouette aux cheveux blonds se détachait sur le mur enflammé par les grenades.

— Ne dites rien! lança-t-il. Vous êtes une fée!

Si seulement cet homme avait été Dom Duarte, songea Rosary en souriant intérieurement! D'instinct, elle était pourtant sûre qu'il n'appartenait pas à la fière famille des Montqueiro.

— En vérité, je suis le professeur de Gisela, annonça-t-elle.

— Vraiment! De mon temps, les professeurs n'étaient pas aussi ravissants, répliqua le jeune homme. Ils portaient des lunettes et leurs cheveux étaient blancs. Soyez la bienvenue au palais!

— Vous êtes très aimable, senhor, mais on m'a mise en garde...

— Pas contre moi, j'espère?

Il s'approcha d'elle et Rosary dut s'avouer qu'il ne manquait pas de charme. Sentant une légère odeur d'essence de térébenthine, elle ne fut pas surprise lorsqu'il se présenta :

— Je suis Dacio Cortez. Votre voyage avec ma sœur s'est-il bien passé? Lola aime se rendre à Lisbonne de temps à autre. Vous a-t-elle montré quelques beaux monuments?

— Nous sommes entrées dans deux boutiques de luxe et un grand restaurant, expliqua Rosary.

Il se mit à rire, révélant des dents d'une blancheur éclatante.

— Elle est adorable, n'est-ce pas? Une créature aussi jolie et pleine de vie rêve de passer ses journées à Lisbonne. Mais elle a été placée sous ma responsabilité et elle doit rester avec moi... jusqu'à ce qu'elle se marie, bien sûr.

— Ici, les hommes semblent juger les femmes incapables de se débrouiller sans eux. Ne permettriez-vous pas à Lola d'exercer un métier?

— Elle a un métier, déclara-t-il toujours avec le sourire, mais une pointe de défi s'était glissée dans sa voix. Elle veille à ce que tout aille bien à la maison, à ce que les repas soient servis à l'heure et, en dehors de cela, elle n'a pas d'autre souci que de se faire belle. Quelle occupation conviendrait mieux à une jeune fille?

— Si vous pensez ainsi, vous ne pouvez pas approuver celles qui, comme moi, quittent leur foyer pour aller travailler.

Rosary leva les yeux sur son interlocuteur. Si ce jeune Portugais nourrissait déjà des conceptions si démodées, celles de Dom Duarte devaient être épouvantables.

Avec une petite courbette gracieuse, il affirma :

— Je regrette seulement que vous ayez dû vous lancer seule dans le grand monde et...

— Mais je le désirais! coupa Rosary. J'avais envie de voyager, de rencontrer des gens. J'étoufferais si je devais rester clouée dans une maison à m'occuper d'un homme.

Au moment où elle prononçait ces paroles, quelque chose la poussa à regarder de l'autre côté du patio. Un homme s'y tenait et il avait sûrement tout entendu. On ne remarquait pas tout de suite son complet blanc impeccable. Non, ce qui frappait d'emblée chez lui, c'était un air d'autorité incontestable.

Avant même qu'il ne sorte de l'ombre, Rosary sut qu'il s'agissait de Dom Duarte de Montqueiro Ardo.

2

Dom Duarte reçut Rosary dans un bureau lambrissé aux murs couverts de livres. Une table de travail au plateau de cuir reposant sur des pieds en forme de pattes de lion occupait le centre de la pièce.

Il se tenait derrière, dans un fauteuil pivotant au dossier très haut. Assise en face de lui dans l'un des profonds sièges en cuir, Rosary avait l'impression d'être sous le pouvoir de cet homme depuis qu'elle se trouvait seule avec lui. Il l'étudiait en jouant avec un presse-papiers. A la vue de ses mains d'aristocrate, la jeune fille songea que dans le passé, il aurait porté de riches bagues. Comme leur propriétaire, ces mains exprimaient à la fois la force et la grâce. Une épaisse chevelure d'un noir de jais encadrait le visage aux traits fins. Son regard possédait l'éclat de l'acier sous les sourcils énergiquement arqués.

Dom Duarte était un homme qui se faisait remarquer... obéir même, et pourtant... Rosary soutint le feu de ses yeux avec la ferme intention de ne pas se laisser démonter.

— Vous êtes donc Rosary Bell?

Il était la première personne à s'adresser en anglais à la jeune fille depuis son arrivée.

— Avez-vous déjà parlé avec la *Senhora* de Ardo?

— Oui, Votre Excellence.

— Il est inutile de m'appeler par ce titre, répliqua-t-il sur un ton légèrement menaçant comme s'il avait perçu la détermination de Rosary à lui tenir tête s'il le fallait. L'impression que vous avez produite sur ma tante ne m'influencera aucunement. Votre jeunesse l'a surprise, je suppose?

— Oui, *senhor*. Toutefois, à mon avis, il serait peut-être bon pour Gisela d'avoir un professeur qui soit encore très proche d'elle. Votre tante m'a dit qu'elle est une enfant très seule...

— Et vous, Miss Bell, savez-vous ce qu'est la solitude?

Dom Duarte prononçait son nom avec une sorte de sévérité tandis que son regard pesait durement sur elle.

— Oui, je le sais, répliqua-t-elle. Je sais ce qu'on éprouve quand on perd sa mère. C'est une perte que rien ne peut compenser.

— C'est très vrai, reconnut-il, mais je ne suis pas à la recherche d'une mère pour Gisela. Je suis simplement en quête d'une personne compétente, susceptible de lui inspirer le goût de la musique et d'en faire une jeune femme de compagnie agréable.

Rosary rougit malgré elle car, de la manière dont son interlocuteur avait parlé, il semblait sous-entendre qu'elle n'avait pas besoin de lui plaire à lui. Elle résista de justesse à la tentation de lui adresser en retour quelque cinglante repartie. Il n'était pas du tout le genre d'homme dont elle risquait de tomber amoureuse. Avec ses façons impérieuses, il n'avait pas besoin de porter son titre ducal pour avoir l'air insupportablement froid et hautain.

— Dans votre lettre, vous sembliez juger mes qualifications satisfaisantes pour cet emploi, attaqua-t-elle sur son ton le plus ferme. Il serait regrettable de me renvoyer sans me laisser une chance de faire la preuve de ma compétence.

— Je suis entièrement d'accord avec vous, admit

Dom Duarte. Aussi, malgré votre jeunesse, je vous autorise à rester ici quelque temps. Je vous prends à l'essai.

— A l'essai! Comme une machine à laver! Ah non!

Rosary bondit sur ses pieds. Ses yeux lançaient des éclairs. Comment osait-il traiter ainsi la petite-fille de Courland Bell? Ce duc portugais se trompait s'il croyait pouvoir lui parler comme à une quelconque servante!

— *Senhor*, il vaut mieux que vous cherchiez quelqu'un d'autre, quelqu'un de plus...

— Asseyez-vous, ordonna Dom Duarte, l'interrompant. Asseyez-vous tout de suite!

Elle le considéra un instant, puis rougit de nouveau. Elle avait soudain l'impression d'être une écolière qui venait d'agir sur un coup de tête.

— Vous n'êtes pas une machine à laver, fit-il sur un ton cinglant. Vous avez plutôt l'air d'un chat qui, perdu dans une maison étrangère, sort ses griffes. Asseyez-vous, Miss Bell, et cessez de me fusiller avec ce regard furibond.

Elle hésita et s'exécuta, avec raideur, en se reprochant d'avoir un peu peur de cet homme. Elle se sentait sur la sellette et, les yeux qui l'étudiaient très attentivement contribuaient à renforcer ce sentiment. Comme sa blondeur devait sembler curieuse dans cette pièce lambrissée, la première où Rosary ne voyait pas de fleurs!

— Avez-vous déjà donné des cours privés, Miss Bell?

— Non, avoua-t-elle. Jusqu'à présent, j'ai travaillé dans l'école de mon grand-père. Cet emploi constituerait mes débuts dans le privé.

— Pensez-vous que vous pourriez vous plaire au *palacete?*

— Sans aucun doute, *senhor*. Dès mon arrivée, je l'ai senti vivre, avec toute son histoire. Mon imagination est comblée ici. Comme je l'ai dit à votre tante, je rêvais de séjourner à l'étranger.

— Votre grand-père était-il d'accord pour vous laisser partir?

— Bien sûr, il était même ravi. Il pense que les voyages élargiront mon horizon. Il estime aussi que par la rencontre d'autres peuples, mon sens musical s'enrichira. En enseignant à Gisela, j'avais prévu d'étudier moi-même la musique populaire portugaise.

— N'aimeriez-vous pas devenir pianiste de concert, Miss Bell?

Cette question la laissa un instant songeuse et, pour la première fois depuis le début de l'entretien, elle eut un petit sourire.

— Ce serait merveilleux pour moi de pouvoir marcher sur les traces de mes parents. Ils formaient un duo. Ma mère était pianiste, et mon père, violoniste. Ils étaient exceptionnels. Je ne me souviens pas bien de mon père car il s'enfermait beaucoup seul pour travailler, mais j'ai des disques. Quant à ma mère, au lieu d'être son accompagnatrice, elle aurait pu mener une carrière de soliste. Mon grand-père m'a raconté qu'elle s'est sacrifiée... par amour.

Le regard d'acier posé sur Rosary s'adoucit une seconde puis Dom Duarte se leva. S'approchant d'une table où se trouvaient une boîte sculptée et un briquet en forme de cygne, il prit un petit cigare. Lorsqu'il le porta à ses lèvres, Rosary s'aperçut que sa bouche révélait une sensualité démentie par la sévérité de ses traits.

Cette découverte déconcerta quelque peu la jeune fille et elle se demanda pourquoi il ne s'était pas remarié. Avait-il été trop épris de sa femme pour songer à en prendre une seconde?

— Ainsi, vous avez eu envie de voyager? Aviez-vous donc le sentiment de tourner en rond chez vous?

Il faisait sans doute allusion à la conversation qu'il avait surprise entre Rosary et Dacio. A travers la fumée du cigare, elle discerna une lueur d'amusement dans ses yeux. Il la jugeait sans doute bien jeune et impérieuse.

— Qu'y a-t-il de mal à vouloir exercer un métier, *senhor?* Les femmes de votre pays commencent à exiger un peu plus de liberté et je les comprends.

— Oh, je suis sûr que vous les comprenez! Nombre d'entre elles, cependant, trouvent plus facile, et sans doute aussi plus agréable, de se laisser aimer et épouser.

— C'est surtout plus facile pour les hommes d'avoir quelqu'un sous la main, rétorqua Rosary, quelqu'un qui les attend, les sert, flatte leur orgueil et supporte à l'occasion leur mauvaise humeur!

Dom Duarte la laissa parler jusqu'au bout. Il la dévisageait derrière un voile de fumée qui adoucissait le relief de ses pommettes et de son nez. Son regard condamnait Rosary, lui reprochait d'émettre de telles opinions avant de savoir ce qu'une femme ressent entre les bras d'un homme. Ce regard rappela aussi à la jeune fille que Dom Duarte n'avait plus d'épouse pour le flatter ou supporter sa mauvaise humeur.

— Du point de vue moral, vous conviendrez parfaitement à Gisela! déclara Dom Duarte en laissant percer une certaine ironie. Je vois que vous avez passé le plus clair de votre temps à étudier. Et pourtant, je ne changerai pas d'avis. Je vous engage d'abord à l'essai pour six semaines. Ma tante vous a certainement avertie que je souhaite un enseignement de plusieurs années pour ma fille. Je veux être sûr de lui avoir donné le meilleur des professeurs. Je crois que je ne me montre pas trop exigeant, Miss Bell. Si vous n'acceptez pas mes conditions, vous repartirez dès demain. A vous de décider!

— La décision semble vous appartenir, *senhor*. Si je ne cède pas, vous me renvoyez comme... une mauvaise élève.

— Vous voulez donc bien rester à l'essai?

La lèvre inférieure de Dom Duarte trembla légèrement pendant qu'il parlait.

— Je n'ai pas le choix, *senhor*. Cette île me plaît, et je suis obstinée. Je tiens à faire mes preuves.

— Au bout de six semaines, je pourrai juger de votre valeur, *senhorita*. En tant que professeur de ma fille, vous prendrez vos repas avec nous. Vous disposerez des heures les plus fraîches de la journée pour vous promener, vous adonner à l'équitation et au sport. L'après-midi, je tiens à ce que Gisela fasse une sieste car elle n'est pas très robuste. Parfois, Miss Bell, je vous demanderai de vous mettre au piano, pour moi et pour mes invités. J'espère que vous êtes d'accord. Il y a un magnifique piano à queue dans la salle de musique, et Gisela possède un autre instrument pour s'exercer. Et maintenant, avez-vous des questions à me poser?

— Aurai-je le droit de me faire des amis personnels, *senhor?*

— Bien entendu, à condition que ce soient des gens connus de moi. Tant que vous résiderez ici, vous serez placée sous ma responsabilité. Et même sur une île portugaise, il est déjà arrivé à une jeune fille de commettre une erreur de conduite.

— A cause d'un homme, vous voulez dire?

— Exactement.

— Mais je suis sérieuse, Don Duarte! protesta sèchement Rosary.

— En tant que Portugais, je connais les gens de mon pays, *senhorita*. Très franchement, j'aurais préféré une personne moins jeune et moins jolie pour Gisela. Vous allez devenir le centre d'intérêt des hommes de Vozes do Mar. Je suis sûr de ne pas me tromper en pariant que Dacio Cortez s'est déjà montré très empressé à votre égard.

L'espace d'une seconde, Rosary rêva de pouvoir prévenir cet arrogant personnage qu'elle avait l'intention d'user de ses loisirs à sa guise. Elle voulait se faire des amis, et même recevoir des compliments, pourquoi pas? Rencontrant le regard sévère de Dom Duarte, elle préféra se taire. Il n'aurait pas hésité à la renvoyer en Angleterre si elle s'était opposée à ses volontés. Ce genre d'homme avait l'habitude de régner en maître incontesté sur toutes les femmes vivant sous son toit. Il s'agissait d'une attitude à la fois protectrice et dominatrice.

— Qu'alliez-vous dire? lança-t-il en relevant ironiquement un sourcil et en feignant la politesse.

— Que je ne dois pas me montrer trop chaleureuse dans mes amitiés, est-ce bien cela, *senhor?* répondit-elle sur le même ton.

— Je vous le conseille, en effet.

— Mais ayant envoyé vous-même la *Senhorita* Cortez à ma rencontre à Lisbonne, vous ne verrez sans doute pas d'objection à ce que je la fréquente, ainsi que son frère.

— Puisqu'ils vivent près du *palacete*, vous êtes autorisée à vous lier avec eux. Je souhaite toutefois qu'on ne vous voie pas seule avec des étrangers.

— Je suis moi-même une étrangère, *senhor*, je suis anglaise et je vis très différemment des Portugaises.

— Je le sais bien. Je vous prie seulement de surveiller un peu votre comportement afin de ne pas trop vous distinguer des femmes de l'île. Vous étonnerez déjà suffisamment par votre seule présence les gens qui n'ont jamais voyagé. Comprenez-vous?

— Oui, je comprends. Je dois me conduire comme une Sainte Nitouche, rétorqua-t-elle. Je dois suivre vos lois et me tenir à votre disposition pour distraire vos invités.

Un silence lourd de menaces suivit ces paroles audacieuses. Rosary se sentait déjà chassée de Vozes do Mar par les doigts d'acier qu'elle voyait se crisper sous l'effet du mécontentement. Pour finir, Dom Duarte haussa les épaules. Il semblait faire fi de la réplique de la jeune fille comme s'il comptait bien parvenir à dompter son langage.

— Bon, je vous garde donc à l'essai, déclara-t-il. Je vais tout de suite écrire à votre grand-père pour lui exposer l'accord auquel nous sommes parvenus et pour l'assurer que vous êtes ici sous ma protection.

— Très bien, *senhor*.

Rosary réprima un sourire en imaginant la réaction de Courland. Il allait sûrement rire aux éclats en découvrant à quel personnage sa petite-fille avait affaire. C'était le genre d'homme que son indépendance la poussait à éviter ou à combattre. Comme il allait s'amuser, le cher grand-père! Dom Duarte de Montqueiro Ardo venait de prendre Rosary, une créature ardente et prompte à défendre ses droits, sous son aile. Des escarmouches étaient à prévoir dans les prochaines semaines.

Rosary se leva, devinant que l'entretien était terminé. Elle suivit Dom Duarte qui se dirigea vers la porte et l'ouvrit. Pendant quelques instants, lorsqu'elle se tint tout près de lui, elle put apprécier pleinement sa haute taille, son air dominateur et le charme étrange qui émanait de son sourire sévère.

— Je suis sûr que nous réussirons à nous entendre, Miss Bell, fit-il en baissant les yeux sur elle. Vous rencontrerez certainement Gisela dans le salon de musique, la bibliothèque ou les jardins. Vous devez devenir des amies toutes les deux. Et si vous avez un problème, n'hésitez pas à faire appel à moi. Je ne suis pas qu'un tyran austère et intraitable, vous savez!

Rosary se garda bien de réagir à cette remarque. Elle se demanda un instant si elle ne devait pas s'incliner avant de prendre congé du duc. Lorsqu'elle leva les yeux vers lui, elle nota un saisissant changement d'expression.

— Je vois que votre opinion est déjà faite, Miss Bell. Vous êtes persuadée que je vis encore au XIXe siècle avec mes conceptions, ma façon de mener ma fille, ma maison et cette île. Eh bien, *senhorita*, ma fille est portugaise. Ne lui emplissez pas la tête avec vos idées modernes... en particulier celles qui concernent les femmes. Je suis persuadé que les femmes voient le monde à travers leurs émotions. Si nous les laissions faire, il n'y aurait plus partout que des châteaux en carton-pâte et autres fantaisies comme à Disneyland!

— Et alors, senhor? répliqua Rosary d'un air faussement innocent. Ne serait-ce pas mieux que de faire la guerre?

— Croyez-vous vraiment les femmes si opposées aux guerres? riposta Dom Duarte d'une voix insinuante.

— Naturellement! se récria Rosary. Elles les détestent.

— Vous êtes vraiment jeune pour soutenir une chose pareille, déclara Dom Duarte avec un léger sourire. Elles transforment en guerre la moindre de leur rencontre avec un homme. Elles s'arment de soie, de parfum et de leur pouvoir le plus redoutable... la séduction.

Sur ces paroles, Dom Duarte joignit les talons, exécuta une petite courbette et se retira à l'intérieur de son bureau. La porte se referma. Rosary se retrouva seule dans le grand hall en marbre où ronronnaient des ventilateurs. Il l'avait priée d'aller dans le salon de musique et dans la bibliothèque, mais il avait négligé de lui en indiquer la direction. Comme il n'y avait personne, Rosary ne pouvait pas se renseigner. Elle regarda sa montre et constata que l'après-midi touchait à sa fin. Elle décida donc de monter plutôt jusqu'à sa chambre et de déballer ses affaires.

En gravissant le somptueux escalier de marbre à la rampe de fer forgé, elle s'extasia sur le décor qui l'entourait. Pour un petit palais, cette construction lui paraissait immense, avec ses hautes colonnes qui soutenaient trois galeries différentes, desservant chacune diverses pièces. D'étranges couloirs en partaient, menant à quelques marches qui s'arrêtaient devant une porte mystérieuse...

Une fois dans ses appartements, Rosary ôta ses chaussures et marcha en collant sur l'épaisse moquette. Elle rangea ses robes, ses jupes, son ensemble pantalon et ses deux tenues de soirée dans une profonde armoire. Elle avait hésité à emmener ces dernières et maintenant, en caressant les étoffes en soie, elle se félicita d'avoir eu cette idée. Son employeur avait en effet manifesté l'intention de la faire jouer pour ses amis à l'occasion des réceptions qu'il donnait.

Rosary plaça sa lingerie dans un grand tiroir et elle sourit en songeant à l'image qu'elle s'était faite de Dom Duarte pendant le trajet en avion. Elle avait toujours cru les Portugais plutôt trapus et petits, avec le charme banal que donnent des cheveux noirs et un teint olivâtre, en un mot, le charme latin traditionnel. C'est ainsi qu'elle s'était représenté son employeur. Elle l'avait imaginé avec une femme, et relativement peu intéressé par l'éducation d'une jeune fille.

Comme la réalité s'était révélée différente!

En pénétrant dans la salle de bains, Rosary ne put retenir une exclamation. De l'étonnement, elle passa vite à l'émerveillement. La pièce était entièrement carrelée et, tandis que certains carreaux présentaient de simples motifs décoratifs, les autres montraient des sirènes, des hippocampes, des bateaux ou des coquillages. Il s'agissait d'une salle de bains extraordinaire et pleine de fantaisie. La baignoire bleu pâle, incroyablement luxueuse, adressait une invitation irrésistible au voyageur fatigué. Rosary ne pensait plus qu'à s'immerger dans une eau fraîche et parfumée.

Elle ouvrit les robinets en grand et versa des sels de bain qu'elle avait apportés, ne touchant pas aux coûteux produits alignés sur les étagères en verre. Après avoir enlevé ses vêtements, elle se demanda quelle tenue choisir pour la soirée. S'habillait-on très élégamment pour le dîner au palais? Rosary fut incapable d'imaginer Dom Duarte autrement qu'en complet solennel. C'était le genre d'homme qui ne s'inclinait jamais que pour une brève courbette de politesse, le genre d'homme qui apparaissait toujours tiré à quatre épingles et se comportait avec raideur. Elle ne réussissait même pas à se le représenter décoiffé... et encore moins animé par le flot ravageur de la passion. Gisela était sans doute le fruit d'un mariage arrangé.

Avec un petit haussement d'épaules, Rosary opta pour une robe en chantoung clair, de coupe simple, mais dotée de manches longues. Des roses argentées étaient brodées sur les poignets. Oui, cette robe conviendrait, décida-t-elle, une lueur malicieuse dans les yeux. Elle n'était peut-être pas aussi raffinée que Son Excellence l'aurait voulu, mais la longueur très pudique saurait en tout cas recevoir son approbation.

Rosary déposa la robe au pied du lit et retourna dans la salle de bains. Elle s'allongea dans l'eau délicieuse et s'abandonna, la tête reposant sur un coussin de caoutchouc. Même dans les plus fous de ses rêves, elle ne s'était pas vue professeur dans un palais. Et pourtant, elle était là, dans la plus fantastique des baignoires, bercée par le chant des cigales, tandis que la nuit tombait et que le soleil se consumait dans un foyer rougeoyant à l'ouest.

Tout était beauté à Vozes do Mar, y compris ce nom. Il signifiait les « voix de la mer ». Ce nom déjà était musique et... La porte de la salle de bains s'ouvrit brusquement et Rosary écarquilla les yeux, arrachée à ses songes. A moitié cachée par l'eau bleutée, elle ressemblait à une sirène avec ses cheveux blonds remontés en couronne sur sa tête.

Son envahisseur et elle se dévisagèrent pendant quelques instants en silence, puis elles s'exclamèrent toutes les deux en même temps :

— Vous êtes Gisela!

— Vous êtes Miss Bell!

Elles éclatèrent de rire. Soudain le petit visage de

Gisela devint grave. Avec ses pommettes hautes, son menton ovale, ses sourcils très noirs sous lesquels brillait un regard légèrement oblique, Gisela avait un air oriental. Rosary pensa immédiatement que ces yeux-là seraient d'ici quelques années ceux d'une ensorceleuse.

— Je comptais bien faire votre connaissance aujourd'hui, déclara Rosary, mais j'aurais préféré des circonstances plus dignes pour moi.

— C'est Dacio qui m'a conseillé de venir vous voir. Il m'a dit que je risquais d'avoir une surprise.

— Bien sûr! Comme votre père, vous vous attendiez sans doute à trouver une femme tenant un martinet dans une main et le code des bonnes manières dans l'autre. Et moi, je n'ai même pas un vêtement sur moi!

— Je... je vais vous attendre à côté, je...

— Ne vous enfuyez surtout pas, recommanda Rosary. Je vous rejoins tout de suite et nous bavarderons un peu.

— Oui, *senhorita.*

L'enfant disparut dans la chambre, refermant la porte couverte d'une glace derrière elle. Rosary laissa couler l'eau du bain et se rinça sous la douche. Les divers miroirs lui offraient le spectacle de son corps élancé et pâle, aux longues jambes bien faites. Tout en ayant consacré ces dernières années à l'étude de la musique et des langues, elle avait été courtisée par plusieurs étudiants. Erick Stornheim, un compositeur autrichien un peu plus âgé que les autres, lui avait fait une cour particulièrement assidue.

Pendant qu'elle s'essuyait avec une serviette moelleuse, elle se souvint de la dernière fois où elle l'avait vu, dans le salon de son grand-père... Elle sentit de nouveau sur elle son regard bleu lorsqu'elle était entrée, revenant de ses cours, ses livres sous le bras, ses cheveux blonds volant sur ses épaules et ses jambes largement révélées par une jupe courte. Sans prononcer une seule parole, Erick avait tendu la main pour caresser ses cheveux, puis il était descendu jusqu'à la douce laine de son pull.

— Vous devenez ravissante, *liebchen,* lui avait-il dit. Vous n'êtes plus l'écolière que j'ai connue.

Rosary se détourna de son reflet dans le miroir et enfila son linge de corps en méditant sur les hommes et leurs passions. Elle ignorait encore tout de la violence du désir masculin et par moments, elle en avait très peur. Une fois revêtue des fins sous-vêtements, elle considéra encore sa silhouette parfaite et elle se jura bien de se conserver intacte tant qu'elle n'aimerait pas un homme à la folie.

Elle noua la ceinture de sa robe de chambre et rejoignit Gisela qui, debout près de la porte du balcon, contemplait le soleil couchant. Elle se retourna en entendant entrer Rosary. Un sourire hésitant errait sur ses lèvres.

— Est-ce que mon père vous permet de rester? s'enquit-elle.

— Aimeriez-vous que je reste? demanda Rosary en guise de réponse.

Elle retira les pinces qui maintenaient ses cheveux et les brossa soigneusement. Ils tombèrent comme un rideau sur ses épaules, lui donnant l'air très jeune, et elle se sentit beaucoup moins sûre d'elle qu'elle ne le paraissait. Elle savait qu'elle n'avait pas de soutien à attendre de la *Senhora* de Ardo. Quant à Dom Duarte, il ne ferait rien pour lui faciliter la vie au palais. Dans son costume de velours, c'était un homme en acier. Il possédait incontestablement un certain charme, un charme étrange, dont il faisait bénéficier les gens qui lui plaisaient. Or Rosary avait eu l'audace de lui tenir tête et de défendre sa liberté d'agir et de penser.

— Ici, seule compte la volonté de mon père, déclara Gisela.

— Il vous a pourtant permis de quitter votre pensionnat. Il vous a accordé d'être éduquée ici, au palais. Etes-vous déçue de m'avoir comme professeur, Gisela?

— Je ne sais pas encore.

L'enfant considérait avec un étonnement non déguisé les cheveux blonds de son interlocutrice.

— Est-ce que ce sont vraiment vos cheveux? demanda-t-elle avec la franchise typique de la jeunesse. L'un de mes professeurs au pensionnat se les teignait.

— Je vous promets que les miens sont vraiment blonds.

Rosary sortit sur le balcon et aspira l'air à pleins poumons. Dans l'obscurité où brillaient quelques étoiles dorées, les parfums semblaient encore plus enivrants que de jour.

— Jasmin, murmura-t-elle rêveusement, la senteur des Mille et une nuits. Je comprends, Gisela, que vous n'ayez pas pu supporter de vivre loin de cette île. Vous l'aimez, n'est-ce pas?

— Je suis née ici, comme ma mère, comme ma grand-mère. Il y a du sang arabe dans la famille de ma mère. Dans le passé, ils ont occupé l'île et certaines femmes ont dû entrer dans leurs harems. Elles ont été libérées quand les Portugais sont revenus.

Gisela soupira. Debout auprès de Rosary sur le balcon, elle laissait vagabonder son imagination.

— La vie devait être passionnante en ces temps-là, poursuivit-elle d'une voix vibrante. Il y avait des chevaliers en armure et des pirates, des seigneurs arabes et des femmes entièrement voilées dont on ne voyait que les yeux.

Rosary l'écouta en souriant.

— Lorsque nous commencerons nos leçons, nous étudierons des opéras et des ballets. Je suis sûre qu'ils vous intéresseront.

— Mon père vous a donc autorisée à rester?

— Il m'a engagée à l'essai pour six semaines. Je dispose de ce délai pour prouver que je suis un bon professeur et, si je ne le satisfais pas, je serai renvoyée.

Gisela ne dit rien. Elle effleura délicatement une corolle blanche qui s'était glissée entre les volutes de fer forgé du balcon. Les yeux à demi clos, Rosary s'abandonna au doux souffle d'une brise qui jouait avec sa chevelure et gonflait les manches de sa robe de chambre. L'île paraissait très loin du monde moderne. Comme par le passé, elle était gouvernée par un seigneur dont le costume blanc étincelait presque comme une antique armure.

— Vous êtes-vous sentie mal à l'aise avec mon père? s'enquit Gisela qui devait elle-même éprouver une certaine timidité lorsqu'elle se trouvait devant lui.

— Pas du tout, répondit vite Rosary. Nous avons discuté de votre éducation, des loisirs que nous aurons ensembe et du temps réservé à votre sieste. Si nous parvenons à nous entendre, votre père n'aura aucune raison de se montrer mécontent. Pour qu'un enseignement porte ses fruits, il faut que le professeur et l'élève s'accordent. Les parents ne doivent pas s'en mêler, même si le professeur ne leur plaît pas vraiment à eux.

— Est-ce que vous déplaisez à mon père, Miss Bell?

— Nous...

Rosary s'interrompit, hésitante et reprit :

— Vous pourriez peut-être m'appeler par mon prénom, Gisela. Ne serait-ce pas plus sympathique?

— Je ne connais pas votre prénom.

— Je m'appelle Rosary.

— Quel nom romantique!

— Et Gisela donc! Il est digne d'une belle légende. Il existe d'ailleurs un ballet dont le titre est *Gisèle*. Vous verrez, il est merveilleux.

Gisela haussa les épaules et retourna dans la chambre. Elle considéra la robe posée sur le lit d'un air désapprobateur :

— Tante Azinha préférerait que vous soyez discrète et réservée. Si vous vous faites trop belle, elle va croire que vous voulez séduire mon père.

— Quelle idée!

Rosary fronça les sourcils et se demanda soudain si elle ne devait pas choisir une autre robe.

— Tante Azinha n'est pas opposée au remariage de mon père, poursuivit Gisela. Mais elle souhaite qu'il épouse une Portugaise de son rang.

Rosary jeta un regard amusé à sa compagne. Elle se garda toutefois de lui répondre ce qu'elle pensa tout bas :

« Même si j'étais une duchesse, ma chère, je ne voudrais pas de votre père, et il ne voudrait pas de moi. On ne m'a pas appris à idolâtrer l'homme qui deviendra mon mari. Vous avez ici une conception du mariage qui diffère considérablement de celle de mon pays. Chez vous, l'homme est le maître. Chez moi, la femme est son égale. Elle dit et fait ce que bon lui semble. »

Rosary ramassa la robe en soie et, avec un petit pincement de regret, elle la replaça dans l'armoire. Elle en sortit ensuite une robe beige, beaucoup plus simple, ornée d'un col bleu marine. Avec Dom Duarte, des accrochages seraient inévitables dans l'avenir. Rosary voulait au moins éviter de s'opposer à la maîtresse de maison, ce serait toujours un bon point. Il valait mieux ne pas s'en faire une ennemie.

— A votre avis, cette robe convient-elle mieux? demanda-t-elle à Gisela. C'est la première fois que j'occupe un emploi dans une maison portugaise et je ne voudrais pas commettre un impair.

— Habillée ainsi, vous passerez plus inaperçue, jugea l'enfant. Ne trouvez-vous pas étrange de vivre ici... Rosary?

— Etrange, mais intéressant. Je suis impatiente de partir à la découverte de l'île en votre compagnie. Je suis sûre qu'elle est magnifique. Et je rêve de m'abandonner entièrement à son soleil, à son histoire, à sa musique populaire. J'ai envie de tout connaître et de me sentir un peu moins étrangère.

Le regard de Rosary se perdit un instant dans le lointain tandis qu'elle tenait la robe qui lui donnerait un petit air de gouvernante aux yeux de son employeur et de sa tante.

— Je crois que j'ai envie de me faire adopter, déclara-t-elle.

— Alors il faudra vous conformer aux usages, affirma Gisela très sérieusement. Les Portugais ont établi de nombreuses règles auxquelles les femmes doivent obéir.

— Lesquelles, par exemple?

Rosary s'installa dans un fauteuil en rotin. Elle arborait une expression légèrement amusée, mais elle savait qu'elle devrait se plier jusqu'à un certain point aux exigences de la mentalité de ce pays. Si elle les ignorait sous prétexte de les trouver démodées, jamais elle ne serait intégrée à la population de l'île.

— La plus importante de toutes les règles interdit aux jeunes filles d'avoir des amis masculins. On ne peut voir que l'homme qu'on vous a choisi pour futur mari. Souvent, le père tient à ce que le couple ait un chaperon pour éviter un écart de conduite. Puis, lorsque la femme est mariée, l'homme devient son maître.

— C'est charmant! ironisa Rosary. Les Portugais ont beau être très séduisants, je vais faire bien attention de ne pas tomber amoureuse de l'un d'eux.

— L'amour ne dépend pas de notre volonté, objecta Gisela.

— Qu'en savez-vous? Vous sortez tout juste de votre pensionnat et, le moment venu, votre père choisira un époux pour vous sans vous consulter.

Gisela émit un petit rire.

— La plupart des Portugaises s'éprennent du jeune homme qu'on leur présente.

— Elles s'efforcent plutôt de se persuader qu'elles l'aiment, rectifia Rosary. Puisqu'elles sont obligées de l'épouser, il vaut mieux qu'il leur plaise! Quel âge avez-vous exactement, Gisela?

— Bientôt quinze ans. Certaines jeunes filles de l'île se marient à mon âge.

— Je ne crois pas que votre père ait déjà l'intention de vous marier, affirma Rosary. Et maintenant, je dois me préparer pour le dîner. Prenez-vous votre repas avec nous?

— Oui, et j'ai la permission de rester encore une demi-heure ensuite, expliqua aimablement Gisela. Mon père me traite presque en adulte depuis mon retour.

— Tant mieux, vous me tiendrez compagnie! lança Rosary qui avait craint de passer des soirées ennuyeuses. J'en suis ravie.

Gisela rougit en examinant son interlocutrice.

— Vous n'êtes pas du tout comme Lola, déclara-t-elle. Elle préfère rester seule avec mon père.

Rosary ne manifesta aucune surprise en entendant ces paroles car elle s'était déjà forgé sa propre opinion. La vive Portugaise n'avait pas pu lui cacher son intérêt pour le gouverneur de l'île. Elle n'avait même pas pu dissimuler sa satisfaction à l'idée que Rosary ne convînt pas pour le poste offert par Dom Duarte. A présent, elle devait avoir appris par son frère que l'Anglaise aux cheveux blonds restait pendant au moins six semaines.

3

Rosary vivait déjà depuis quinze jours au palais et, chaque matin, elle s'émerveillait encore dès qu'elle ouvrait les yeux. Le soleil illuminait sa chambre, s'étendant comme un voile d'or au-dessus de son lit. Une jeune servante lui montait son petit déjeuner. Venant des brumes anglaises, Rosary voulait profiter au maximum de la lumière et de la chaleur, aussi le prenait-elle sur le balcon. Elle avait hâte de bronzer.

Son balcon dominait la partie la plus ancienne des jardins. Des lotus resplendissaient dans la sombre coupe de leurs feuilles. Au loin se dressaient les sommets d'un Portugal moins romantique et au climat plus rigoureux, celui du continent. Ici, à Vozes do Mar, régnait un éternel été. Toute sa vie, Rosary avait rêvé de trouver un tel paradis où la nature était restée intacte. Le bruit, la pollution, les univers de béton n'étaient plus qu'un mauvais souvenir sur cette île.

La vie s'y écoulait, en douceur, agréablement. Les heures les plus chaudes de l'après-midi plongeaient les gens dans une torpeur langoureuse. Derrière les volets clos, hommes et femmes faisaient la sieste.

Rosary se servit avec délices une seconde tasse de thé. Elle s'était vêtue d'une jupe marron et d'un corsage blanc immaculé. Un bracelet en argent très discret ornait son poignet. Une barrette retenait sa chevelure sur sa nuque. Rosary s'efforçait de son mieux de coïncider avec l'image que son employeur et sa tante se faisaient du professeur de Gisela. Seulement au moment de la sieste, lorsque l'enfant se reposait, elle se permettait de libérer ses cheveux et sa vraie nature. Elle descendait jusqu'à la plage qui se trouvait au pied du jardin en terrasse. Là, elle s'en donnait à cœur joie, nageant, explorant les cavités rocheuses, courant pieds nus dans le sable.

Même si Dom Duarte savait comment elle passait les heures réservées à la sieste, il ne lui en avait jamais parlé. S'il désapprouvait ce comportement, eh bien, tant pis! Rosary avait besoin de rompre avec la routine au moins une fois par jour et c'était le moment idéal. Après une matinée de travail, Gisela ne demandait pas mieux que de s'enfermer dans la fraîcheur de sa chambre.

Dès qu'elle eut terminé son petit déjeuner, Rosary sortit, empruntant le long couloir qui menait à l'escalier. Elle donnait ses cours dans un bureau situé tout au bout du hall. Une petite rotonde s'avançait entre les deux baies vitrées, meublée d'un piano et d'un tabouret capitonné à deux places. Sur une table s'amoncelaient des partitions. La plupart avaient été réunies par la mère de Gisela qui recevait parfois de son vivant son amie, la cantatrice Irena Marcos.

Elle honorait encore le palais de ses visites, avait dit Gisela à Rosary, et sa beauté égalait sa merveilleuse voix de soprano. Rosary se souvenait vaguement d'elle car elle avait suivi l'enseignement de son grand-père. Elle se rappelait une déesse à la chevelure noire qui l'avait gratifiée d'un sourire distant. Maintenant, Rosary était devenue elle aussi une femme et si elle rencontrait de nouveau Irena Marcos, leurs rapports seraient différents. Elles pouvaient à présent toutes les deux prétendre à susciter l'intérêt des hommes.

Rosary pénétra dans le bureau. Gisela n'était pas encore descendue. Comme il était tôt, la jeune fille se laissa tenter par une petite promenade en attendant son élève.

Elle flâna le long de sentiers où les jardiniers s'affairaient déjà, soignant les pelouses et les parterres éclatants. Des oiseaux voletaient alentour en chantant. Soudain, Rosary s'immobilisa et recula dans l'ombre d'un arbre. Une haute silhouette en costume gris clair s'avançait dans sa direction. Elle espéra passer inaperçue mais le regard noir se posa sur elle.

— Bonjour, Miss Bell.

Dom Duarte inclina la tête en guise de salut et elle fut obligée de s'arracher aux frondaisons protectrices pour venir vers lui.

— Vous êtes très matinale, comme toujours. Votre énergie est étonnante. Je vous conseillerai pourtant de ne pas abuser de vos forces tant que vous n'êtes pas habituée à ce climat.

Elle sut immédiatement à quoi il faisait allusion. L'air de rien, il lui reprochait de ne pas faire de sieste. Comme chaque fois qu'elle discutait avec lui, Rosary sentit un petit vent de révolte se lever en elle.

— Je suis tellement intéressée par tout ce qui existe sur cette île que je ne sens pas la fatigue, répliqua-t-elle.

— Tant mieux. Je suis heureux de savoir que vous ne vous ennuyez pas.

Dom Duarte se tenait devant elle, sûr de lui ainsi qu'à l'ordinaire, les épaules raides comme s'il portait une cape. Une expression de noblesse intemporelle émanait de ses traits fiers.

Rosary sentit son regard sur elle et, l'espace d'une seconde, elle se demanda s'il l'avait vue en maillot de bain, avec les cheveux mouillés et en désordre. Pour un homme qui n'apparaissait toujours qu'impeccable, la vue d'une femme négligée devait être répugnante.

— J'espère que ma fille est une bonne élève, déclara-t-il. Depuis quelque temps, elle est moins sérieuse. Ma tante me dit qu'elle vous entend rire ensemble.

— C'est exact, *senhor*. Et cependant, nous ne perdons pas notre temps. Nous avons déjà attaqué les pièces de Molière et vous admettrez...

Une furtive lueur d'amusement s'allumant dans ses yeux, Dom Duarte éleva la main pour interrompre Rosary :

— J'admets! Molière est très intéressant. J'admets que j'ai procuré à ma fille un professeur d'une intelligence exceptionnelle!

— Merci, *senhor,* répondit Rosary, assez crispée.

Dom Duarte se moquait d'elle. Les hommes de son pays n'admiraient guère les qualités intellectuelles chez une femme.

— Je ne cherche pas à imposer mes goûts à Gisela, expliqua-t-elle, mais je constate avec plaisir qu'elle aime lire ces pièces. Elle est très mûre pour son âge et...

— Je le sais, Miss Bell. Ah, voici ma voiture! Je vous souhaite une bonne journée.

Le chauffeur avait amené l'élégant véhicule au bout de l'allée et, très distingué, Dom Duarte prit le volant. En le regardant, Rosary imagina un instant l'un de ses illustres ancêtres montant en selle. Elle n'avait encore jamais vu Dom Duarte à cheval. Ce devait être un fort beau spectacle, estima-t-elle, étrangement séduite par cette idée.

Il s'éloigna à vive allure et Rosary retourna vers le palais. Surprise par la fraîcheur dispensée par les ventilateurs du hall, elle s'aperçut qu'elle avait les joues en feu. Elle resta un instant sur place, le visage enfoui dans ses mains, sans se rendre compte qu'un homme appuyé à la rampe de l'escalier la regardait avec curiosité.

— Vous n'avez pas l'air d'être dans votre état normal, *senhorita!* lança Dacio sur un ton ironique. Notre éminent gouverneur vous aurait-il fait un reproche, ou... un compliment?

Rosary leva sur lui un regard confus. Dacio ne se

trompait pas tout à fait. Elle était bien en train de penser à Dom Duarte.

— Dom Duarte possède un don particulier, déclara-t-elle. Sans bouger un seul muscle de son visage, il peut vous donner l'impression qu'il va se jeter sur vous.

— Pour embrasser ou pour frapper?

— Non... Pas pour embrasser en tout cas, répliqua-t-elle vivement, trop vivement même. D'ailleurs, je préférerais l'avoir pour ennemi plutôt que pour ami... Oh, je reconnais qu'il ne manque pas de charme, mais je n'envie pas les femmes qui... qui l'aiment.

— Il est effrayant, n'est-ce pas?

— Assommant, vous voulez dire! Dacio, avez-vous connu la mère de Gisela?

Le jeune artiste secoua sa tête aux boucles noires, assez longues, qu'il laissait dans un état de négligence soigneusement étudiée. Il descendit les marches pour se rapprocher de son interlocutrice.

— Venez avec moi, je vais vous montrer son portrait.

Comme Rosary hésitait, il la prit par la main et l'entraîna vers l'escalier.

— Il n'y en a que pour cinq minutes et ensuite votre curiosité sera satisfaite.

— Etait-elle belle? questionna la jeune fille en le suivant.

Elle se sentait soudain presque exaltée. En découvrant le visage de la femme qui avait partagé la vie de Dom Duarte, elle tiendrait une clé pour mieux connaître sa personnalité profonde.

Dacio la fit passer sous une voûte et elle pénétra enfin dans la galerie des tableaux. Il n'y eut soudain plus devant elle que des toiles de toutes tailles, des petites, des grandes, des gigantesques même, qui couvraient tous les murs. La plupart se trouvaient dans de riches cadres anciens en bois sculpté et doré. Ici et là, certaines places étaient vides, et les tableaux correspondants avaient été posés par Dacio sur une table au centre de la galerie. Là, il s'occupait de leur restauration.

— Oh! Il me faudrait des heures pour admirer toutes ces merveilles!

Rosary jetait des coups d'œil ravis autour d'elle.

— Combien, combien d'années a-t-il fallu pour réunir une collection aussi importante?

Levant la tête, elle découvrit un plafond en verre turquoise qui baignait la galerie dans une sorte d'atmosphère marine.

— Certains de ces tableaux sont quelconques, expliqua Dacio, d'autres ont au contraire une grande valeur. Dom Duarte s'y connaît, vous savez. Il m'a demandé de restaurer ce qui en vaut la peine. Le reste sera rangé dans les greniers. Il pense que la galerie gagnera beaucoup si les meilleures pièces y sont mises en valeur.

— C'est vrai, accorda Rosary, puis elle laissa échapper un petit rire. D'un autre côté, on n'aura plus l'impression d'être invité à une passionnante chasse au trésor quand on entrera ici. Et maintenant, Dacio, montrez-moi la femme qu'il a aimée!

Dacio prit le temps de considérer la jeune fille. La lumière bleutée teintait ses cheveux, transformait l'éclat de ses yeux, ombrait son cou et son corsage blanc.

— Comme vous êtes romantique, *senhorita!* Croyez-vous qu'un homme se marie toujours par amour?

— Etant Anglaise, je le crois, affirma-t-elle en étudiant un bouquet de fleurs peint avec la grâce qu'on déployait au siècle dernier. Je sais toutefois que les mariages arrangés sont monnaie courante au Portugal. Le mariage du *senhor* en était-il un, Dacio?

— Venez et vous jugerez par vous-même.

La prenant par le poignet, il l'entraîna vers la table et lui désigna la toile à laquelle il était en train de travailler. Rosary vit d'abord une robe en velours d'un rouge profond qui révélait tout juste de ravissantes pantoufles de satin ornées de roses couleur perle. Puis son regard monta jusqu'aux mains un peu grasses nouées dans le velours et chargées de bagues. Il suivit ensuite le cou gracile qui sortait du décolleté en pointe et elle examina pour finir le visage ovale, très éveillé, surmonté d'une masse de cheveux noirs et brillants.

— Isabela de Montqueiro Ardo, annonça Dacio avec emphase. Elle était belle, certes, mais un peu trop exotique à mon goût.

— Superbe, murmura Rosary pour elle-même.

— Regardez son collier de rubis, suggéra Dacio. Elle savait que cette couleur mettait son teint en valeur. C'est étrange. Elle a l'air sensuelle mais j'ai l'impression qu'elle était aussi froide que le marbre.

— Dans ce cas, répliqua Rosary, le couple était parfaitement assorti !

— Vous le trouvez froid, lui? s'étonna Dacio. Il se maîtrise bien mais cela ne prouve rien. Certains volcans ne sont-ils pas recouverts de glace?

— Vous le connaissez mieux que moi, répondit-elle, et elle se pencha pour mieux étudier les traits d'Isabela.

Dans les yeux de celle qui avait épousé l'orgueilleux duc, elle lut l'amour des bijoux et des toilettes somptueuses. Et que voulait l'homme en échange? Un fils, sans doute. Leur unique enfant était hélas une fille.

— Comment est-elle morte?

Quel sort cruel avait enlevé si jeune une femme d'une telle beauté?

— D'une manière tragique.

Dacio jeta un coup d'œil vers l'entrée de la galerie et poursuivit à voix basse :

— Gisela n'est peut-être pas au courant. Sa mère a péri dans un accident. Dom Duarte et elle montaient souvent à cheval. Un jour, ils étaient partis ensemble de très bonne humeur mais au retour, Isabela chevauchait comme une furie, éperonnant et fouettant son cheval au point de le rendre fou. En entrant dans l'écurie, il s'est mis à ruer. Isabela s'est cogné la tête contre la voûte en pierre, puis elle est tombée, et l'animal l'a piétinée. Dom Duarte s'est précipité à bas de sa monture mais il était trop tard. Elle a encore survécu pendant une dizaine de minutes mais quand le docteur est arrivé, elle ne respirait plus.

Quelle terrible histoire! Dom Duarte devait sûrement se reprocher encore aujourd'hui la querelle qui avait provoqué la mort de sa femme, songea Rosary. Fallait-il qu'elle fût violente pour qu'Isabela eût reporté sa colère sur un cheval innocent!

Un frisson glacé parcourut Rosary. Elle imagina le sang, l'affolement, tous les détails que Dacio avait eu la délicatesse de ne pas évoquer.

— J'espère que Gisela ne sait pas tout, déclara-t-elle. Et pourtant, la *Senhora* de Ardo m'a dit qu'après la mort de sa mère, elle s'est enfuie de la maison et qu'elle est tombée malade.

— Cela ne signifie pas qu'elle connaît entièrement l'histoire, objecta Dacio.

Sans quitter le portrait des yeux, Rosary pensa à Dom Duarte. Cet accident le hantait à coup sûr. Il avait été le premier à s'agenouiller auprès d'Isabela, à constater avec impuissance le saccage de sa beauté.

— Que faites-vous avec ce portrait? questionna Rosary.

— Je le nettoie, expliqua Dacio. Il était accroché dans le grand salon mais, depuis l'accident, Dom Duarte l'a relégué au fin fond de la galerie. Il souffrait sans doute de l'avoir tout le temps sous les yeux. C'est peut-être mieux aussi pour Gisela. L'année dernière, lorsqu'elle lui a semblé rétablie, il l'a envoyée dans un pensionnat, mais elle n'a pas voulu y rester.

Il fixa Rosary avec une intensité délibérée.

— J'en suis ravi. Sans le retour de Gisela, je ne bénéficierais pas de votre présence. Vos cheveux blonds illuminent cet austère palais.

— Le *palacete* est charmant, protesta Rosary. En tant qu'artiste, vous devez le sentir encore plus que moi.

— Mon sens artistique, *senhorita*, s'oriente de préférence vers ce qui vit. Pour moi, rien n'a plus de charme qu'une belle femme.

Un lent sourire s'épanouit sur ses lèvres.

— Je n'aurais jamais cru qu'un professeur pouvait être une personne aussi jolie. Mais peut-être n'acceptez-vous pas les compliments?

— Si, au contraire! Mon grand-père a l'esprit très large et c'est lui qui m'a élevée. Il s'est montré strict sur un seul point.

— Lequel? Il ne vous a pas autorisée à avoir des amis masculins?

— Des amis, si, fit-elle sur un ton sans équivoque.

— Me mettriez-vous en garde?

En parlant, Dacio avait déplacé ses doigts le long de la table et sa main effleurait celle de Rosary.

— J'en serais plutôt flatté. J'aurais horreur qu'une jolie femme se sente en sécurité auprès de moi.

Ramenant ses mains vers elle, Rosary déclara :

— Les Portugais ne sont pas modestes!

— Ils sont conscients d'être des hommes.

— Vous êtes un homme, Dacio, je n'en doute pas un instant.

Elle commença à s'éloigner de lui, longeant à rebours la galerie à l'éclairage si particulier. Sur ses lèvres errait un sourire. Oui, Dacio était plein de charme et Rosary n'était pas femme à le nier.

Il la rejoignit en deux enjambées et lui jeta un regard mi-provocant, mi-scrutateur.

— Seriez-vous un iceberg? On m'a dit beaucoup de mal des Anglaises, mais je vous préviens! Notre soleil ne va pas tarder à vous faire fondre, d'autant plus qu'il s'allie à notre musique et à notre vin. Puis-je vous inviter à une *festa?* J'ai un ami qui se marie prochainement et il donne une grande réception où l'on mangera, boira et dansera. Voudriez-vous venir?

— Etant donné que je vis chez Dom Duarte, il faudra que je lui demande la permission.

— Alors vous viendrez, affirma Dacio sur un ton joyeux.

Une mèche noire tomba sur son front olivâtre, ajoutant à son charme.

— Il sera forcément d'accord car je ne suis pas un étranger pour lui. D'ailleurs, Lola sera de la partie aussi.

— Je me réjouis d'avance! lança Rosary.

Elle s'arrêta au bout de la galerie et déclara encore :

— Je viendrais volontiers. Quel jour est-ce?

— Samedi en huit. Tous les autres hommes seront jaloux de moi!

— Il faut que j'aille donner mes cours, affirma vite Rosary en étudiant le visage radieux de son interlocuteur.

Tandis qu'elle se séparait de lui, la *Senhora* de Ardo passait juste par là. Feignant de ne pas remarquer son regard désapprobateur, Rosary lui souhaita le bonjour.

— *Senhorita,* je voudrais vous parler, répondit sèchement celle-ci.

Rosary s'immobilisa en posant sur la tante de Dom Duarte un regard poliment interrogateur.

La femme vint vers elle, considéra sa tenue, sa coiffure et son léger maquillage.

— Dans ce palais, Miss Bell, les employés ne sont pas autorisés à rire familièrement ensemble. Par ailleurs, je n'approuve pas qu'une jeune fille se mette du fard. A l'avenir, vous voudrez bien laisser travailler le *Senhor* Cortez, et je vous prie d'aller immédiatement ôter votre rouge à lèvres.

Les yeux écarquillés, Rosary semblait ne pas avoir compris ce qu'elle venait d'entendre.

— Je vous demande pardon, *senhora?*

— Allez ôter ce rouge à lèvres! Mon neveu tient autant que moi à ce que Gisela ne prenne pas de mauvaises manières en imitant des étrangères. En vérité, si je pouvais agir comme...

— Je sais ce que vous feriez si vous pouviez agir à votre guise, *senhora,* coupa Rosary, soudain bouillonnante de colère. Est-ce considéré comme poli dans les maisons portugaises d'insulter les gens, je l'ignore! Vous venez en tout cas de m'insulter! Depuis plus d'une semaine, vous guettez l'occasion de me chercher querelle et je sais très bien que vous ferez votre rapport à Dom Duarte dès son retour. Vous lui direz que je me suis mal conduite avec le *Senhor* Cortez. Vous souhaitez évidemment confier l'éducation de Gisela à une personne sans imagination qui lui dépeindra la vie sous des couleurs aussi austères que la vôtre. Vous voulez quelqu'un qui l'empêche de rire, qui la persuade que les femmes sont faites pour se soumettre à leur mari!

Ayant ainsi déchargé ce qu'elle avait sur le cœur, Rosary ne nourrissait plus aucune illusion. Sa carrière au palais était compromise. Elle partirait sans regret. Elle avait tenté d'amadouer cette femme rigide mais il n'y avait rien à faire. Trop de choses les opposaient.

— En effet, confirma la *Senhora* de Ardo, je vais m'entretenir à votre sujet avec mon neveu. Il n'aurait jamais dû vous permettre de rester ici. Je l'ai averti dès le début que vous ne nous conveniez pas.

— *Senhora* de Ardo, rétorqua froidement Rosary, je ne suis pas une petite fille qu'on réprimande à son gré. Je suis une femme et j'entends faire ce que je veux durant mes heures de loisir. Le *Senhor* Cortez me montrait les tableaux de la galerie, il ne me faisait pas la cour.

— *Silenzio!*

La *senhora* éleva la main, signifiant qu'elle ne voulait pas en entendre davantage.

— Comment osez-vous me parler sur ce ton? Vous êtes une insolente et...

— Je suis professeur, coupa Rosary, et même, je n'ai pas peur de l'affirmer moi-même, un excellent professeur. Mais apparemment, mes conceptions de l'enseignement sont trop avancées pour votre maison!

Sur ces paroles, elle quitta son interlocutrice, la tête haute. Elle redescendit, décidée à donner ses cours jusqu'à l'intervention de Dom Duarte. Elle lui expliquerait alors qu'elle avait tenté de faire autre chose de Gisela qu'une triste réplique de sa grand-tante. Elle espérait qu'il ne se laisserait pas influencer par cette femme aux idées étroites.

De toute façon, elle serait franche. Elle ne partirait pas de Vozes do Mar sans avoir exprimé le fond de sa pensée.

Elle poussa un soupir involontaire. Quel dommage! Elle n'assisterait pas à la *festa*. Elle aurait tant aimé voir un mariage selon les coutumes de l'île. Elle aurait tant voulu connaître des gens plus attachants que cette malveillante *senhora*.

Lorsqu'elle entra dans le bureau, elle crut être la première, mais Gisela surgit de derrière les longs rideaux. Elle était pâle et ses yeux brillaient anormalement. Rosary comprit tout de suite qu'elle avait surpris la discussion. Elle se douta aussi que Son Excellence ne garderait pas un professeur condamné par sa tante.

— Mettons-nous au travail, déclara-t-elle sur un ton sec. Je vous ai dit hier que nous commencerions l'étude des compositeurs romantiques et...

— A quoi bon? lança Gisela. Mon père va vous renvoyer. La personne qui vous remplacera m'enseignera des choses ennuyeuses et elle ne me fera jamais rire comme vous.

— J'ai fait de mon mieux pour éviter un affrontement avec la *senhora*, mais... Vous avez entendu! Je ne suis pas la jeune fille légère pour laquelle elle voudrait me faire passer! Je devais me défendre.

— Est-ce que Dacio vous faisait la cour? s'enquit Gisela, une lueur de jalousie apparaissant dans ses yeux. J'ai tout de suite pensé qu'il aurait envie de vous plaire.

— Il m'a montré les tableaux, expliqua Rosary et cela m'a beaucoup intéressée. Je ne peux pas le bouder à cause de votre grand-tante.

— Vous a-t-il montré le portrait de ma mère?

— Oui. Elle était très belle, affirma Rosary avec douceur. Il faut que vous vous souveniez toujours d'elle ainsi, resplendissante dans sa robe rouge, avec ses rubis.

— Je l'aimais, répondit Gisela, mais elle ne m'aimait pas.

— Oh! fit Rosary, prise de court.

— Elle ne me permettait jamais de l'embrasser. Elle disait que lorsque les enfants sont petits, ils sont assommants. Et lorsqu'ils sont grands, ils vieillissent leur mère.

L'adolescente se mordilla la lèvre inférieure.

— Elle n'aura pas vieilli, n'est-ce pas? Mon père et moi, nous pourrons toujours nous la rappeler dans toute sa beauté.

Peinée, Rosary tenta de changer de sujet.

— Allons, Gisela, mettons-nous au travail. Votre père me pardonnera peut-être d'avoir tenu tête à sa tante.

— Oui, acquiesça Gisela. Il faut que vous lui parliez avant tante Azinha. Dites-lui de vous-même que vous avez eu des mots avec elle.

Rosary envisagea un instant cette possibilité et resta songeuse.

— Je crois que ma parole n'a aucun poids contre la sienne. Je suis encore une étrangère pour votre père, il n'a pas tout à fait confiance en moi. N'oubliez pas qu'il m'a engagée à l'essai.

— Cela ne fait rien, soutint Gisela, pleine d'espoir. Il

faut que vous le voyiez avant tante Azinha. Ce matin, il est parti au tribunal. A midi, il déjeune avec le juge Lorenzo et ensuite, il se rend à Bahia de Roches...

— Bahia de Roches! Mais pourquoi?

— Il aime cet endroit.

— Vous voulez dire qu'il va dans cette baie pour se détendre?

— Oui, accorda Gisela avec un sourire. Comme tout le monde, il a besoin de tranquillité de temps en temps. Cela vous étonne?

— Un peu, avoua Rosary. Votre père est le maître de l'île. Il paraît si fier et si sûr de lui que j'ai du mal à l'imaginer se promenant seul sur une plage.

— Il ne sera peut-être pas seul. Je sais qu'il retrouve parfois Lola. Elle lui plaît, je crois. Mais bien sûr...

— Oui? fit Rosary, soudain très intéressée. Racontez-moi tout.

— S'il se remarie, il faudra qu'il choisisse une personne de son rang.

— Alors vous pensez que votre père préférerait faire de Lola sa... Ah, mais je ne devrais pas me mêler de cette histoire! Je n'en ai pas le droit. D'ailleurs, demain à la même heure, je serai sur le départ. Renvoyée! Je serai renvoyée pour conduite indigne d'un professeur!

Rosary avait beau essayer de plaisanter, elle était fortement contrariée. La situation était trop stupide. La *senhora* l'accusait de s'être montrée trop aimable avec Dacio, alors que Dom Duarte lui-même était plus qu'aimable avec sa sœur. Lola était portugaise, évidemment, et la *senhora* tolérait sans doute une faiblesse de son neveu envers une femme du pays, tant que leurs rapports restaient discrets et ne compromettaient pas l'honneur familial. Rosary se demandait comment réagirait l'orgueilleuse *senhora* si son neveu décidait soudain d'épouser la jolie Lola au mépris des convenances. Lors de son premier mariage, il n'avait pas eu de fils pour hériter de lui. Lola Cortez pourrait sûrement lui donner un enfant aussi bien que la belle mais froide Isabela.

— Je... je ne veux pas que vous partiez!

Appuyée contre le piano, laissant ses doigts glisser sur les touches, Gisela se lamentait :

— Personne ne m'a jamais aussi bien comprise que vous. Au couvent, on disait que j'étais maussade et triste. Mais avec vous je ris, n'est-ce pas?

— Que puis-je faire? s'écria Rosary. Si votre père ne rencontrait pas la *Senhorita* Cortez à Bahia de Roches, j'aurais essayé de l'y rejoindre. Mais si je l'importune là-bas pendant qu'il est... occupé, je ne réussirais qu'à tout gâcher. Ce serait pire encore que de laisser sa tante lui parler la première. Vous connaissez votre père. Une étrangère comme moi ne doit pas se risquer à le déranger.

— Avez-vous peur de lui?

— Non, pas vraiment peur. Il n'est pourtant pas comme... comme Dacio, par exemple. Avec lui, les rapports s'établissent tout à fait naturellement. Avec votre père, c'est plus difficile. Je ne suis pas impressionnée par ses titres, mais... mais une sorte de barrière se dresse entre nous. Je... je ne me vois pas en train de le supplier, comprenez-vous?

— C'est votre orgueil qui vous en empêche. Si vous vouliez vraiment rester, vous surmonteriez la peur qu'il vous inspire et vous iriez lui parler.

— Je n'ai pas dit que j'avais peur! protesta Rosary. Le duc n'est qu'un homme, après tout.

— Exactement, c'est un homme et je vous demande d'aller le trouver à Bahia de Roches. Parlez-lui avant que ma grand-tante ne déverse son venin.

— Gisela, il ne faut pas parler ainsi. Votre tante possède un certain sens de l'honneur et des conceptions qui font de moi une ennemie à ses yeux. La plupart des femmes d'un certain âge de l'île réagiraient comme elle à mon égard. L'autre jour, quand je suis allée au village, une vieille dentellière s'est signée en me voyant passer. Je ne portais rien sur la tête et elle m'a regardée comme la pire des pécheresses.

L'enfant considéra son jeune professeur et elles éclatèrent toutes les deux d'un rire nerveux.

— Gisela, ce serait peut-être mieux pour vous d'avoir un professeur portugais, une femme plus proche des conceptions de votre famille.

— Non.

Gisela secoua la tête. Son regard annonçait une crise de larmes.

— Je veux connaître autre chose que le Portugal. Je ne veux pas grandir comme ma mère. Je veux savoir ce qui se passe dans les autres pays, comment on y vit... Je veux être moi-même.

Rosary passa un bras autour de ses épaules et lui dit gentiment :

— Vous y parviendrez, Gisela, j'en suis sûre. Avant de partir, j'aurai une discussion avec votre père.

— Parlez-lui en dehors du *palacete*, Rosary, pour que tante Azinha ne le sache pas.

La jeune fille contempla avec embarras la tête noire penchée sous le poids du chagrin. Elle n'avait pas prévu de s'engager d'une manière aussi personnelle dans les affaires de son élève. En arrivant sur cette île, elle n'avait pensé qu'au seul plaisir de travailler dans un beau cadre. Quel plaisir! Elle était maintenant écrasée de soucis. Elle s'était mise dans une position bien délicate par rapport à son employeur.

De loin, elle avait envisagé cet emploi comme une sorte de vacances au soleil, elle se l'avouait maintenant. Et elle se trouvait en face d'une adolescente qui se sentait désespérément seule et éveillait sa compassion. Elle lui demandait davantage que des cours, davantage que l'attention d'un professeur. Elle lui demandait presque la tendresse qu'on attend d'une mère...

Rosary prit le petit visage ovale entre ses mains et le

leva vers elle. Regardant Gisela dans les yeux, elle déclara :

— Je vous promets que je tenterai tout ce qui est en mon pouvoir pour ne pas être renvoyée. Mais comment puis-je me rendre jusqu'à Bahia de Roches?

Gisela lui expliqua qu'elle pouvait se faire emmener par Amadeu. Il s'agissait d'un ancien pêcheur qui, ayant perdu un bras, gagnait sa vie en conduisant les gens dans son bateau le long de la côte. On lui confiait souvent des couples d'amoureux qui souhaitaient s'isoler un peu dans une crique déserte, car il les surveillait de son embarcation. Sa barbe de patriarche inspirait confiance aux parents.

Pour ne pas désobéir à son père, Gisela décida de ne pas accompagner Rosary. Comme d'habitude, elle ferait sa sieste. Aussi, après le déjeuner, vêtue d'un pantalon blanc et d'un corsage bleu sans manches, Rosary se rendit seule sur la plage où vivait Amadeu. Elle le trouva dans sa petite cabane et il lui parut plus pirate que patriarche tandis qu'il marchandait afin d'obtenir le meilleur prix pour la conduire à Bahia de Roches.

— Entendu, voilà ce que vous voulez! lança finalement Rosary en sortant quelques billets de la poche de son pantalon.

L'homme prit l'argent en posant sur elle un regard étrange. Elle se débattit contre une légère appréhension. Non, cet homme ne tenterait rien de malhonnête contre elle. D'ailleurs, avec un seul bras, il aurait bien assez à faire pour mener son bateau. L'embarcation était attachée non loin de là. Sa peinture était très abîmée mais elle donnait la même impression de solidité qu'Amadeu. Rosary s'installa en face de lui et se félicita d'avoir mis un pantalon. Jamais elle n'aurait toléré ce regard insolent sur ses jambes nues.

Elle avait pris conscience de sa féminité grâce à l'admiration d'Erick Stornheim. Jamais les jeunes étudiants qu'elle avait côtoyés ne lui avaient inspiré ce sentiment de danger que savaient éveiller les hommes plus expérimentés. Le jour où Erick Stornheim lui avait fait des compliments en caressant ses cheveux, elle avait compris qu'elle pouvait être un objet de désir pour les personnes du sexe opposé.

— Alors la *senhorita* veut que je l'emmène à Bahia de Roches? lança Amadeu.

Il conduisait son bateau d'une main brune et agile qui en valait sans doute deux.

— C'est un endroit isolé. Il n'y vient jamais beaucoup de monde. Il y a très très longtemps, les bateaux s'y échouaient. Que va faire une demoiselle anglaise là-bas?

— Je veux me promener, répondit Rosary d'une voix neutre. On m'a dit que c'était un lieu intéressant à voir. D'ailleurs, j'ai emporté un carnet pour faire des croquis.

Elle brandit son carnet sous les yeux d'Amadeu.

— Je vous dessinerai volontiers, si vous le voulez bien.

Le pêcheur parut très flatté et elle fut ravie d'avoir trouvé un moyen de lui changer les idées. Elle sortit son fusain et commença immédiatement à reproduire le visage expressif sur le papier. Elle n'était pas une vraie artiste comme Dacio, mais elle possédait un petit don qui lui procurait un certain plaisir. Un jour, elle espérait se distinguer dans un autre domaine. Elle souhaitait composer un morceau de musique. Pour le moment, toutefois, elle préférait profiter de sa jeunesse et de la vie.

— Qu'est venue faire une personne aussi cultivée que vous sur notre île? s'enquit Amadeu.

— Je suis chargée de l'éducation de la fille du gouverneur, expliqua-t-elle en s'appliquant à la longue barbe poivre et sel qui bouclait comme celle d'un démon.

Cet homme avait dû d'ailleurs se conduire comme un diable, songea-t-elle. Sa chevelure en bataille et ses terribles yeux noirs excitaient son imagination. Elle le voyait dans ses jeunes années perdant son bras au cours d'une lutte. C'était un personnage, cet Amadeu!

— Tout le monde sait que vous êtes le professeur de la fille du gouverneur, répondit-il. Mais on se demande pourquoi il a choisi une personne comme vous.

Il la parcourut de nouveau d'un regard lourd de sous-entendus.

— Vous vous trompez, affirma-t-elle. Dom Duarte ne me connaissait pas quand il a retenu ma candidature. Je ne lui ai même pas envoyé de photographie. Il m'aurait tout aussi bien convoquée si j'avais été laide comme un pou.

Amadeu eut un rire rauque.

— La *senhorita* a réponse à tout, approuva-t-il. Les hommes aiment ça. Mieux vaut une tigresse qu'un chaton apprivoisé!

Rosary ne put s'empêcher de rire aussi.

— Cela vous ferait-il plaisir d'avoir le dessin quand je l'aurai fini?

Amadeu acquiesça. Il conduisait le bateau vers une côte aux grands rochers de forme étrange battus par la mer.

— La *senhorita* a-t-elle rendez-vous avec Son Excellence? s'enquit-il sur un ton rusé.

— Non...

Rosary s'efforça de ne pas perdre contenance. Elle aurait dû se douter que ce vieux loup de mer connaissait les faits et gestes de tous les gens de l'île.

— Je me promène simplement, soutint-elle. Je suppose que Son Excellence se rend ici et là pour voir si tout se passe bien à Vozes do Mar.

Amadeu la considéra d'un air ironique mais il n'insista pas. Il concentra toute son attention sur la manœuvre d'accostage, suivant un sillage étincelant que le soleil traçait sur l'eau. Tandis qu'ils approchaient, une plage de sable sombre apparut derrière les rochers verts et or.

Le pêcheur mena adroitement l'embarcation par l'étroite passe entre les récifs. L'endroit était des plus sauvages, et les oiseaux poussaient des cris qui résonnaient comme des lamentations humaines.

Lorsque le bateau s'immobilisa, Rosary contempla le rivage désert qu'encerclait le fouillis d'une abondante végétation tropicale.

— Je voudrais que vous m'attendiez, dit Rosary en se levant.

Elle quitta l'embarcation et ajouta :

— Vous pouvez faire la sieste pendant que je me promène.

— Vous souhaitez que je sois discret, n'est-ce pas? répliqua Amadeu avec un clin d'œil éloquent.

Sans relever l'allusion, Rosary lui mit d'autorité dans la main le portrait qu'elle avait fait et s'éloigna. Constatant qu'il n'y avait pas âme qui vive, elle espéra que l'homme n'aurait pas l'idée de la suivre. Elle hâta le pas, curieuse de voir ce que cachait la verdure luxuriante. Il faisait chaud et les plantes embaumaient.

Que venait donc faire Dom Duarte ici? Se rendait-il à un rendez-vous clandestin avec Lola Cortez ou bien cherchait-il à se changer de sa vie quotidienne?

Rosary appréhendait autant de le voir en compagnie de Lola que seul. Dans les deux cas, elle se faisait l'effet d'une intruse. Dom Duarte serait sûrement contrarié de la trouver sur son chemin et elle ne tenait pas du tout à provoquer le mécontentement d'un tel homme, un homme devant lequel elle se sentait bien jeune et inexpérimentée.

Les cris des oiseaux l'angoissaient. Elle s'arrêta soudain, tentée de rebrousser chemin et de renoncer à sa démarche. Mais elle n'était pas lâche. Elle avait promis à Gisela de parler à son père. Elle voulait aussi défendre ses propres droits à agir en toute liberté durant ses heures de loisir, ainsi qu'à rire avec Gisela et à lui dispenser son enseignement dans la joie.

Des orchidées avaient envahi les troncs d'arbres de cette sorte de jungle où avait pénétré Rosary. Des cigales chantaient autour d'elle. Brusquement, un chemin de soleil s'ouvrit au milieu de cette végétation dense.

Devant Rosary se dressait un vieux phare aux marches usées couvertes de mousse. Levant les yeux vers son sommet, elle éprouva un petit choc en percevant un mouvement sur la galerie circulaire en pierre que ne bordait aucune balustrade.

Elle devina d'instinct qu'elle avait découvert le repaire secret de Dom Duarte. Il venait là pour jouir de la solitude... ou de la compagnie de la belle Lola. Rosary eut beau regarder en protégeant ses yeux de sa main, elle ne vit pas de robe aux couleurs vives trahissant une présence féminine. Cédant à une impulsion, elle commença alors à gravir les marches. Elle avait peur et montait pourtant, décidée à ne pas renoncer au dernier moment. Elle allait exposer à Dom Duarte la situation. Ici, il serait obligé de l'écouter.

Plus elle avançait, plus le vent venant de la mer semblait souffler fort. Il lui rabattait les cheveux sur le visage. La pierre était brûlante, ainsi que la rampe en métal à laquelle Rosary se tenait craintivement. Comme elle levait la tête pour voir si Dom Duarte avait remarqué son approche, elle trébucha sur une marche cassée et, le cœur battant, elle se rattrapa de justesse. Elle avait poussé un petit cri d'effroi et aussitôt, une sombre silhouette se dressa au-dessus d'elle. Dom Duarte était là, le visage indéchiffrable comme un masque en or.

— Que faites-vous? lança-t-il. Voulez-vous vous rompre le cou?

Elle parvint à feindre la surprise.

— Comment *senhor*, vous ici! C'est bien le dernier endroit où je pensais vous rencontrer!

4

— Vous ne pensiez pas me rencontrer! railla-t-il.

Une seconde plus tard, il s'emparait des poignets de Rosary et elle se trouva hissée au sommet du phare, avec les oiseaux qui tournaient autour d'eux. Elle posa sur son compagnon un regard interrogateur, le regard d'une femme qui reconnaît à ses côtés un homme différent des autres.

Avec un autre, elle aurait pu tenter de se montrer coquette, de l'amadouer par des minauderies. Mais celui-ci ne se laisserait ni charmer ni attendrir. Il la dévisageait d'un air sévère, autoritaire. Ses doigts d'acier ne la lâchaient pas.

Rosary se sentit soudain aussi peu sûre d'elle qu'une petite fille. Elle prit conscience d'en savoir plus sur la musique que sur les hommes. Elle ignorait encore tout un aspect de la vie. En écoutant certains morceaux, elle avait eu l'intuition du caractère émouvant, bouleversant même de l'amour. Souvent, elle s'était dit que l'amour devait être aussi beau que la musique.

Cependant, après avoir vu le portrait de la femme de Dom Duarte, elle avait deviné que leur union n'avait pas été de cette sorte. Le fait de penser à Isabela ajouta à la tension de Rosary. Dom Duarte aurait sûrement été furieux de savoir qu'elle venait le rejoindre dans ce lieu solitaire, l'esprit préoccupé par son épouse défunte.

Rosary ressentait intensément l'emprise de ses mains sur ses poignets. Cet homme pouvait lui faire mal, s'il le voulait.

— Que faites-vous ici? demanda-t-il en la transperçant du regard. Etes-vous venue par hasard ou saviez-vous que j'étais là?

— Je... je savais que vous étiez là, avoua-t-elle. J'ai besoin de vous parler en tête à tête.

— Je vois, fit-il.

Il scrutait le visage levé vers lui. Comme il ne lâchait pas les poignets de Rosary, elle ne pouvait pas repousser les cheveux que le vent lui rabattait dans les yeux.

— Et comment êtes-vous venue jusqu'ici, Miss Bell? Bahia de Roches est loin du *Palacete,* je suppose donc que quelqu'un vous a conduite jusqu'ici par la route ou par la mer?

— Je suis venue avec Amadeu...

— Seule?

— Bien sûr, *senhor*. Je ne suis plus une enfant.

— C'est exact.

Il l'enveloppa du regard. Ses doigts meurtrissaient à présent ses poignets et il ajouta avec colère :

— Vous n'êtes plus une enfant, vous êtes une jeune femme très séduisante. Votre chevelure est trop belle, vous devriez la couvrir. Mais même si vous portiez le fichu noir en dentelle des femmes de l'île, vos cheveux brilleraient encore comme le soleil à travers des volets. Je crois que vous avez commis une erreur en venant ici...

— Ici... au phare? balbutia Rosary.

Pendant un instant qui dura une éternité, Dom Duarte arbora une expression équivoque et, pour la première fois, Rosary discerna des paillettes d'or dans son regard, de petites étincelles de colère... ou de passion.

— Non, je parlais de l'île, Miss Bell. Pourquoi êtes-vous partie à ma recherche?

Rosary s'empourpra. Dom Duarte semblait insinuer qu'elle avait souhaité se trouver seule avec lui pour un autre motif qu'une conversation. A la seule pensée d'être embrassée par lui, son cœur s'emballa et elle tenta instinctivement de se dégager. La violence de ce mouvement la précipita au bord de la galerie et il la ramena vivement contre lui, se dressant d'une manière impressionnante de toute sa hauteur au-dessus d'elle.

— Vous êtes trop impulsive pour ce genre d'endroit, ironisa-t-il. Je n'ai pas du tout envie de devoir écrire à votre grand-père que vous êtes tombée et que vous vous êtes rompu votre charmant petit cou. Alors calmez-vous et dites-moi ce qui vous a poussée à prendre le risque de venir me retrouver ici.

— Je... il fallait que je vous parle, Dom Duarte... avant que vous ne voyiez votre tante.

— Qu'avez-vous fait pour contrarier la *senhora?*

— Et si moi, j'étais offensée? Cette possibilité ne vous vient même pas à l'idée!

Rosary le regarda soudain droit dans les yeux. Elle était décidée à ne pas se laisser intimider par la force qui émanait de lui, ni par sa fonction de gouverneur de l'île. Ce matin encore, il s'était rendu au tribunal où il avait sans doute rendu justice à des innocents. Maintenant il pouvait bien l'écouter aussi.

— Qu'avez-vous fait, Miss Bell? Avez-vous défié les strictes conceptions de ma tante?

Une pointe d'humour éclaira ses yeux sombres tandis qu'il regardait le pantalon blanc de Rosary.

— Vous êtes-vous par exemple promenée dans cette tenue au *palacete?*

— Si ce n'était que cela! Votre tante m'a presque accusée d'immoralité parce que j'étais légèrement maquillée et que je me suis montrée aimable envers un homme.

— Quel homme? s'enquit brutalement Dom Duarte.

— Eh bien, Dacio Cortez, pourquoi? Nous travaillons tous les deux au palais, il est normal que nous ayons des contacts. Ce matin, votre tante m'a traitée comme une femme de mauvaise vie. Elle m'a sommée d'ôter mon maquillage et m'a laissé entendre que je serai renvoyée sur-le-champ.

— Et qu'avez-vous répondu, *senhorita?* Je suis sûr que vous n'êtes pas restée sans réagir.

— Eh bien, je... je lui ai pour ainsi dire déclaré qu'elle avait l'esprit étroit et qu'elle ignorait la joie de vivre, avoua Rosary sans baisser la tête.

— Vous ne vous êtes pas montrée très diplomate!

— J'étais furieuse, *senhor*.

— Il ne fallait pas vous emporter, Miss Bell. Ma tante souhaite seulement que vous soyez un bon exemple pour Gisela.

— Je le comprends bien, mais estimez-vous que je mets trop de rouge à lèvres? J'ai vu Lola...

— Pour le moment, nous ne parlons pas de la *Senhorita* Cortez, trancha Dom Duarte sur un ton soudain cinglant. Nous vous avons engagée en tant que professeur, et ma tante tient à ce que vous restiez à votre place.

— Cela signifie-t-il que je doive porter un chignon et détourner pudiquement les yeux chaque fois que je croise Dacio? rétorqua Rosary avec humeur.

— Comment s'est-il comporté pour que ma tante ait pensé à mal? Vous tenait-il dans ses bras? Vous embrassait-il?

Rosary crut discerner un certain mépris sur le visage de son interlocuteur, et son sang ne fit qu'un tour. Malgré Gisela, elle était violemment tentée de démissionner et de conseiller à cet homme de confier l'éducation de sa fille à une femme soumise et effacée, une marionnette sans âme.

— Si je voulais qu'il m'embrasse, *senhor*, je choisirais un endroit plus discret que votre galerie de tableaux! Non, le *Senhor* Cortez n'a rien à se reprocher! Nous discutions de peinture et votre tante cherchait un prétexte pour m'attaquer. Au lieu d'une amie, elle voudrait d'un professeur qui se conduise comme un gardien envers Gisela. C'est pour vous expliquer cela que j'ai décidé de venir vous trouver ici. J'ai promis à votre fille de vous parler avant que votre tante ne vous raconte l'histoire à sa manière.

— Pensez-vous que je l'aurais crue sans vous consulter, vous et le *Senhor* Cortez?

Dom Duarte s'était exprimé sur un ton glacial mais de petites flammes dansaient dans ses yeux.

— Je sais très bien que votre dynamisme et votre vitalité déplaisent à ma tante, aussi je m'estime seul juge de vos capacités. C'est moi qui décide si vous convenez comme professeur pour Gisela. Dites-moi, ma fille a-t-elle des dons pour le piano? Sa mère en jouait très bien.

Un peu surprise de l'entendre évoquer sa femme, Rosary ne répondit pas tout de suite. Elle déclara ensuite en toute honnêteté :

— Gisela se débrouille bien et je peux l'aider à développer une bonne technique, mais elle ne possède pas de réel talent pour cet instrument. L'espériez-vous *senhor?*

— Très franchement, non. J'ai mes projets pour l'avenir de ma fille et je ne souhaite pas qu'elle fasse une carrière de pianiste. Si son jeu lui permet de briller en société, cela me suffit. Nous, les Portugais, nous ne nous sommes pas encore enthousiasmés pour la musique moderne, nous succombons toujours au charme d'une belle étude de Chopin.

— Moi aussi, *senhor,* affirma Rosary avec un sourire. Et dans mon pays, bien des gens apprécient la musique, vous savez. Nous ne sommes pas des sauvages.

— Je suis heureux de l'apprendre!

Un léger amusement détendit les traits de Dom Duarte, et Rosary se sentit attirée par lui. Quelque chose en elle s'émouvait à la vue de cette fière tête noire, de ce nez finement busqué, de ces sourcils qui donnaient au visage un air si sévère. Dom Duarte était né pour dominer et, de toute sa féminité, Rosary le reconnaissait et l'acceptait malgré elle.

— Ainsi vous êtes venue à Bahia de Roches avec Amadeu? Vous n'êtes pas peureuse, Miss Bell! Je me demande ce qui pourrait bien vous effrayer. Que pensez-vous de mon phare?

— C'est un endroit solitaire, dangereux, qui invite à la méditation. Je dois vous prier de m'excuser, *senhor,* je vous ai dérangé. Mais j'espère que vous comprenez ma démarche. Je ne voudrais pas être renvoyée simplement parce que votre tante ne m'aime pas. Gisela m'a prise en affection, elle, et c'est tellement plus important.

— Estimez-vous que votre présence est bénéfique pour ma fille, Miss Bell?

— Oui, j'ose l'affirmer. Depuis mon arrivée, j'ai éveillé son intérêt pour toutes sortes de choses. Ne m'avez-vous pas dit que vous souhaitez une fille capable de se distinguer en société? Gisela ne sera pas seulement belle. On l'appréciera pour son intelligence et sa culture.

— La trouvez-vous belle?

— Elle deviendra une beauté, assura Rosary. Et sa personnalité sera à la hauteur de son physique.

— Vous n'approuvez pas les femmes qui sont seulement de jolis objets, n'est-ce pas?

— Certainement pas! Quand elles vieillissent, que reste-t-il?

— Vous êtes bien jeune pour raisonner ainsi. A votre âge, vous ne devriez penser qu'au bon côté de la vie.

— Mais, *senhor,* objecta-t-elle avec une feinte ingénuité, en tant que professeur de votre fille, je ne dois pas rêver. Il faut que j'aie les pieds sur terre.

— Et en tant que jeune femme, *senhorita,* fit-il en se moquant gentiment d'elle, songez-vous parfois à l'amour?

— C'est l'affaire de mes heures de loisir, répliqua-t-elle sans se laisser démonter.

Elle avait saisi l'allusion à Dacio Cortez.

— Je n'y vois pas de mal, déclara Dom Duarte. Cependant, je crois vous avoir déjà conseillé de régler votre conduite sur celle des Portugaises pendant votre séjour sur l'île. Oubliez provisoirement votre liberté britannique.

— Vous insistez beaucoup sur la différence entre les Portugaises et les Anglaises. Me jugez-vous moins raisonnable que les femmes de votre pays?

— Disons que vous êtes plus impulsive. Je n'ai jamais vu une Portugaise s'aventurer sur ces marches usées pour atteindre le sommet de ce phare dangereux battu par les vents.

— Pas même Lola? lança Rosary sans réfléchir.

Elle regretta aussitôt ses paroles. Dom Duarte posait sur elle un étrange regard. Elle était venue jusqu'ici pour l'influencer en sa faveur et elle faisait, sans le vouloir, tout pour le contrarier. Quelle imprudence! Elle se trouvait absolument seule avec lui, et il était homme à exercer des représailles s'il estimait qu'elle avait porté atteinte à sa dignité.

— Pour la seconde fois, Miss Bell, vous sous-entendez que j'ai des rendez-vous clandestins avec la *Senhorita* Cortez. Faites-vous seulement preuve d'imprudence et de curiosité, ou désirez-vous me provoquer?

— Je... je n'ai pas eu un seul instant l'intention de me mêler de vos affaires, balbutia-t-elle.

Les joues en feu, elle se sentait soudain terriblement honteuse et vulnérable.

— Je me demandais seulement si Lola avait déjà vu ce panorama. Je suppose qu'on domine toute l'île.

— Et de l'autre côté, on voit le Portugal. Venez, je vais vous montrer. Soyez prudente, ne vous fiez pas à cette rampe. Le phare est vieux et en certains endroits, la barre peut céder.

Dom Duarte prit le poignet de Rosary et elle eut l'impression qu'il la traitait comme sa fille, et même sûrement comme une enfant beaucoup moins docile.

Côte à côte, ils contemplèrent la terre qui ondulait loin en dessous d'eux. Rosary vit les aigrettes blanches des rizières se balancer au rythme de la brise. Les ailes des moulins à vent tournaient, captant la lumière. Des gens travaillaient dans les champs. Des maisons se dressaient par petits groupes, avec des cheminées en forme de tourelles qui les faisaient ressembler à des châteaux miniature. La végétation tropicale et le soleil éblouissant ajoutaient la dernière touche à ce tableau qui envoûta Rosary.

— Vozes do Mar est une île merveilleuse, murmura-t-elle. Je ne veux pas partir, pas encore. C'est pour cette raison, *senhor,* que faisant violence à mon orgueil, je suis venue vous trouver ici. Je ne suis pas la jeune fille légère que votre tante imagine. Je suis un bon professeur.

— Essayez-vous d'attendrir mon cœur de pierre?

— Si vous aviez un cœur de pierre, vous ne vous soucieriez pas que votre fille apprenne la musique. Vous êtes peut-être sévère et austère, *senhor,* mais c'est différent.

— Expliquez-moi en quoi, *senhorita.*

Bien qu'il l'eût mise en garde contre la rampe métallique, il s'y appuyait en regardant Rosary. Le vent repoussait ses cheveux blonds, révélant une oreille délicate, la tendre courbe du cou et la perfection d'une peau jeune.

— On ne peut pas attendrir la pierre, affirma-t-elle. On ne peut que la casser et encore, si elle n'est pas vraiment trop dure.

— Et vous pensez qu'on peut mieux agir sur la sévérité, n'est-ce pas?

— Oui, fit-elle en fixant le paysage droit devant elle.

Elle essayait d'oublier les yeux scrutateurs, posés sur

elle et qu'elle sentait descendre de son profil à son épaule où passait la bretelle bleue du corsage. Elle ne comprenait pas pourquoi un homme comme Dom Duarte la plongeait dans une telle confusion.

— Vous êtes aussi optimiste qu'impulsive, Miss Bell. Et si je ne croyais pas à la correction de votre comportement avec Dacio Cortez? Et si je pensais qu'il vaut mieux vous renvoyer avant que cette affaire n'aille plus loin?

— Vraiment, *senhor,* ai-je l'air si peu habituée à la fréquentation des jeunes gens? Je ne perds pas la tête facilement. J'ai fait mes études en compagnie des élèves masculins de mon grand-père et je sais à quoi m'en tenir. Je ne confonds pas un compliment flatteur avec une déclaration sérieuse.

— Cortez est portugais et les hommes de ce pays savent étourdir les femmes avec de beaux discours.

— Renoncent-ils à ces beaux discours en devenant plus mûrs? lança-t-elle sur un léger ton de défi.

— Non, avec les années, ils deviennent plutôt plus habiles, *senhorita,* un peu comme un musicien qui a beaucoup pratiqué son instrument. S'ils ont au départ un don pour jouer avec les émotions féminines, ils le développent.

— Essayez-vous de me faire peur, *senhor?*

Rosary émit un petit rire forcé. Dom Duarte ne devait pour rien au monde savoir qu'il la troublait infiniment plus que Dacio. Une force et un charme indiscutables émanaient de lui et, comme il était veuf, aucune femme ne pouvait y rester insensible. Par rapport à un jeune coq plastronnant comme Dacio, il possédait un pouvoir de séduction insondable, profond, un abîme vers lequel toute femme était attirée. Oui, Rosary avait peur, peur de tomber, fascinée, et de souffrir...

— Vous êtes fragile, Miss Bell, même si votre esprit britannique refuse de le reconnaître. Les hommes peuvent vous causer du tort. Comment réagiriez-vous par exemple si je vous embrassais là, maintenant?

— Vous ne le feriez pas! rétorqua-t-elle en sursautant violemment à cette idée. Cela irait contre vos principes et votre position. Vous devez donner le bon exemple...

— Mais nous sommes seuls ici, Miss Bell. Et ne m'avez-vous pas dit que vous choisiriez un endroit discret pour vous laisser embrasser?

— Oui... Je l'ai dit... Mais cela ne signifie pas que je me livre à n'importe quel homme. Je n'embrasse pas tout le monde. Tant mieux pour vous si vous le faites!

— Prenez garde, Miss Bell!

Sur ces mots, il posa ses mains sur sa taille et l'obligea à se tourner vers lui. Il sembla à Rosary qu'il aurait pu la broyer, s'il l'avait voulu, entre ses doigts d'acier.

— Que savez-vous de moi? J'aime peut-être faire pleurer les femmes!

— Ne me parlez pas ainsi, souffla-t-elle. Que cherchez-vous? A me mettre à l'épreuve? Voulez-vous voir si je perds la tête avec le gouverneur de Vozes do Mar? Ou avec n'importe quel homme comme... le laisse entendre votre tante?

— J'éprouve une curiosité bien naturelle envers une jeune femme aux cheveux de soie claire et aux yeux où dansent les reflets roux d'une liqueur. Je ne comprends pas comment une personne aussi séduisante a pu décider de devenir professeur sur une île lointaine et isolée. Avez-vous voulu fuir un homme?

Si Dom Duarte ne s'était pas tenu si près d'elle, Rosary lui aurait dit la vérité. Il n'y avait personne dans sa vie. Mais la proximité de cet homme troublant et impressionnant l'affolait tellement qu'elle se raccrocha à Erick. Elle le connaissait depuis longtemps et il lui avait avoué ses sentiments pour elle.

— Non, je n'ai pas fui, déclara-t-elle, mais nous avons pensé, mon fiancé et moi, qu'une séparation temporaire serait bénéfique. Il peut ainsi se consacrer entièrement à sa carrière de chef d'orchestre. Pour se faire un nom, il faut tout sacrifier au travail. Cela en vaut la peine.

Ce mensonge pesait terriblement à Rosary, mais il lui apportait la sécurité. En outre, comme Dom Duarte ne rencontrerait jamais Erick, il ne risquait pas d'apprendre qu'elle venait d'inventer ces fiançailles. Une seule chose importait : Erick se dressait à présent entre eux comme une barrière invisible, et c'était nécessaire. Rosary avait besoin d'une protection contre le pouvoir de séduction de Dom Duarte, un pouvoir si grand, si irrésistible qu'elle n'osait pas regarder sa bouche de peur d'imaginer son baiser.

— L'après-midi se termine, il faut retourner au *palacette*, annonça-t-il en détachant ses mains de la taille de la jeune fille.

Une sensation de froid la fit alors frémir.

— Vous revenez avec moi. Il est hors de question de vous laisser seule à la tombée de la nuit avec Amadeu. On ne peut pas faire confiance à ce vieux pirate.

Rosary avait maintenant des raisons de ne pas faire confiance à Dom Duarte. Toutefois, elle n'eut pas l'audace d'exprimer cette pensée tout haut.

— En nous voyant revenir ensemble, *senhor*, votre tante saura que j'ai tenté de plaider ma cause, se borna-t-elle à murmurer.

— Je vous déposerai devant une entrée latérale du *palacete* et, ni vu ni connu, vous vous glisserez à l'intérieur. Il vaut mieux se montrer discret, n'est-ce pas?

— Je préférerais, *senhor*.

— Alors montrez-vous aussi discrète avec le jeune Cortez, répliqua Dom Duarte d'une voix soudain dure. Faisons nos adieux aux oiseaux et partons.

— Et Amadeu? Je lui ai demandé de m'attendre.

— Ne vous inquiétez pas, il n'attendra pas toute la

nuit. Venez, Miss Bell, et faites attention en descendant ces marches.

Il la fit passer devant et elle le sentit dans son dos, qui avançait avec la souplesse d'un félin. A la pensée du regard qu'il fixait sur elle, elle frissonna.

Lorsqu'elle se retrouva en sécurité sur le sol, elle eut la tentation de le fuir, comme une gazelle traquée par un lion. C'était une tentation folle! Jamais de sa vie, Rosary n'avait éprouvé aussi vivement le danger que pouvait représenter le charme d'un homme. Etait-ce l'air de l'île qui lui montait à la tête comme du vin? Elle en voulut à Dom Duarte de la troubler autant, et, sous l'effet de la colère, elle se tourna violemment vers lui.

— Vous n'aimez pas les femmes en pantalon, n'est-ce pas, Dom Duarte? C'est un signe d'émancipation qui vous déplaît.

— D'émancipation ou d'égarement, répondit-il sur un ton cruellement ironique. Une chevelure ébouriffée et un pantalon font vulgaire.

A ces paroles, Rosary baissa la tête comme si elle avait été giflée. Puis, quand elle la releva, l'enchantement avait déserté son regard, remplacé par la haine.

— Vous calculez fort bien vos répliques, rétorqua-t-elle, savourant sa vengeance. Je me demande ce que vous avez bien pu dire à votre femme pour provoquer un accident mortel! Vous l'êtes-vous pardonné?

— Non, répondit-il froidement. Pas plus que je vous pardonnerai d'avoir évoqué un sujet personnel et très douloureux pour moi.

Ses yeux reflétèrent pendant qu'il parlait un chagrin intense, et Rosary aurait voulu crier qu'elle était désolée... terriblement désolée d'avoir prononcé des mots aussi malheureux. Mais Dom Duarte ne l'aurait pas écoutée. Il passa près d'elle sans lui jeter un coup d'œil, et elle le suivit en silence. Elle savait à présent qu'elle avait gâché ses dernières chances de rester à

Vozes do Mar. Dom Duarte ne la garderait pas après une telle insolence.

Il atteignit la route où il avait laissé sa voiture. La carrosserie scintillait sous les rayons obliques du soleil couchant.

Il ouvrit la portière pour Rosary et celle-ci se glissa à l'intérieur du véhicule, la tête basse. Elle ne comprenait pas elle-même où elle avait trouvé l'audace de s'exprimer si brutalement. Recroquevillée sur son siège, elle regarda droit devant elle. Elle ne bougea pas quand Dom Duarte prit le volant et se lança à toute vitesse sur la route sinueuse qui traversait l'île. Au bout de quelques instants, elle pivota légèrement afin de contempler la mer au crépuscule, rougeoyante comme si elle était faite de sang. Le spectacle était d'une beauté si saisissante qu'elle poussa malgré elle un petit cri. A ce moment seulement, elle s'aperçut qu'elle se tenait la gorge comme pour arrêter des excuses que Dom Duarte aurait accueillies avec un mépris mérité.

Ils roulèrent dans un silence total. Soudain, sans savoir combien de temps s'était écoulé, Rosary découvrit le palais. Dom Duarte freina devant une entrée latérale et lui enjoignit sèchement de descendre de voiture. Elle lui obéit et, à l'instant où elle allait claquer la portière, il lui adressa de nouveau la parole :

— Il vaut mieux que nous oublions ce qui s'est passé cet après-midi. Je n'exige qu'une seule chose : ne parlez jamais à Gisela de la façon dont sa mère est morte.

Les doigts crispés sur la poignée, Rosary répondit :

— Cela ne me viendrait pas à l'idée, *senhor*. Je... je vais faire mes valises dès ce soir. Je partirai demain matin.

— Ne faites pas l'enfant! lança-t-il sur un ton cinglant. Je ne suis pas mesquin au point de vous priver de votre emploi parce que vous avez émis une opinion sur moi. Vous pouvez rester et je prierai ma tante de se montrer plus compréhensive à votre égard. Vous venez d'un monde différent du nôtre. A tout à l'heure, Miss Bell!

Il s'était exprimé sur un ton si sec et impersonnel que Rosary se sentit comme une enfant punie. Tandis que, honteuse, elle se glissait à l'intérieur du palais, la voiture repartit vers l'entrée principale.

Soudain, un hurlement de freins accompagné d'un horrible vacarme de verre brisé et de métal froissé la cloua sur place. Une seconde plus tard, elle se précipitait sur les traces de Dom Duarte. Lorsqu'elle passa le portail de la cour d'honneur, un cri s'échappa de sa gorge. Le véhicule de Dom Duarte s'était renversé sur le perron. Les roues tournaient encore, et le pare-brise avait volé en éclats. Le conducteur était prisonnier à l'intérieur de la voiture qui, d'un instant à l'autre, risquait de prendre feu. Ecrasant des débris de verre sous ses pieds, Rosary s'approcha et tenta de le dégager. Ses épaules sortaient par la portière ouverte sous l'effet du choc. Pendant qu'elle le tirait de toutes ses forces, elle remarqua que quelqu'un descendait à toute allure les marches du perron. Dom Duarte bougea légèrement. Deux mains joignirent leurs efforts à celles de Rosary et il fut libéré au moment où une première flamme léchait la carrosserie. Dans l'instant qui suivit, un rideau flamboyant s'éleva, illuminant la façade du palais.

Dom Duarte remua de nouveau en poussant un gémissement. Le sang ruisselait sur son visage et Rosary crut que l'histoire se répétait. C'était comme un cauchemar. Après Isabela, Dom Duarte à son tour... Mais il ouvrit alors les yeux et la regarda.

— Vous êtes sauvé, déclara Dacio d'une voix apaisante. Vous avez freiné trop tard et vous êtes rentré dans les marches du perron.

— J'ai... j'ai mal à la tête, fit Dom Duarte.

Il fixa Rosary et les flammes qui illuminaient son visage livide, puis il perdit connaissance.

Le médecin arriva très vite. Il ne constata pas de

blessures vraiment graves et ce fut un miracle. Dom Duarte s'en tirait avec une forte commotion, des côtes contusionnées et une cheville fracturée. Tout le monde poussa un soupir de soulagement quand le Dr Rivas annonça qu'il reposait tranquillement dans sa chambre.

En attendant son diagnostic, Gisela avait été victime d'une crise de nerfs. Lorsqu'elle lui avait ordonné de mieux se contrôler, sa grand-tante avait essuyé de violents reproches. L'adolescente l'avait accusée de ne pas avoir de cœur et de sacrifier les sentiments humains aux convenances.

La *senhora* avait alors foudroyé Rosary du regard, lui attribuant de toute évidence la responsabilité de cette réaction. Très vite, sans lui laisser le temps de parler, Rosary avait alors entraîné son élève en proie à des émotions tout à fait normales, hors de la *sala*.

Après avoir reçu les nouvelles du docteur, Gisela gémit :

— Je... je voudrais le voir, rien qu'un instant! Pour m'assurer qu'il va bien!

Rosary hésita, puis acquiesça finalement. Dom Duarte dormait. On ne pouvait pas lui nuire en s'introduisant discrètement dans sa chambre et cela valait la peine pour rassurer Gisela.

Dès qu'elles tournèrent tout doucement la poignée de la porte, le valet de Dom Duarte vint vers elles sur la pointe des pieds.

— Manoel, pouvons-nous le voir? s'enquit immédiatement Gisela en posant sa main sur le bras de l'homme. Nous ne ferons pas de bruit.

Soudain incapable d'articuler un seul mot, Rosary ne put appuyer la requête de l'enfant. Un étrange émoi l'étranglait, et elle avait aussi peur qu'envie de voir Dom Duarte. Il n'aurait peut-être pas eu cet accident, si elle ne l'avait pas mis en colère. Elle ne pouvait oublier sa terrible responsabilité dans cette affaire.

Lorsque Manoel accepta de les laisser entrer, elle

resta en arrière. Gisela la prit par le coude, l'obligeant à avancer avec elle dans la grande pièce sombre et silencieuse. Dom Duarte était profondément assoupi. Malgré le pansement qui surmontait son sourcil droit, ses traits revêtaient plus que jamais la beauté distante d'un masque.

Rosary contempla ses narines qui palpitaient au rythme de son souffle, puis elle songea qu'il n'aurait pas été heureux d'être vu par elle dans cet état. N'était-elle pas l'insolente qui avait osé lui rappeler la mort tragique de sa femme?

En s'éloignant, elle ne cessa de réfléchir. Lorsque Dom Duarte n'avait pas freiné assez vite pour éviter le perron, il était sûrement en train de penser à Isabela. Rosary se sentait affreusement coupable. Il avait failli se tuer à cause des paroles stupides qu'elle avait prononcées.

5

Durant plusieurs jours, l'atmosphère fut tendue au *palacete*. Gisela n'avait pas l'esprit à ses cours et Rosary ne l'importuna pas en insistant pour la faire travailler. Obsédée par la mort de sa mère, l'enfant traînait à longueur de journées d'un air désespéré aux alentours de la chambre de son père. Même Dacio ne parvenait pas à la distraire.

Il ne résultait qu'un seul bienfait de l'accident. La *Senhora* de Ardo n'avait guère le temps de s'acharner contre Rosary. Elle lui parut d'ailleurs plus humaine pendant cette période. Son neveu comptait parmi les rares personnes auxquelles elle était attachée, et elle s'était chargée de ses soins. Elle lui portait elle-même ses repas, pansait sa blessure au front et veillait à ce qu'il ne fût pas dérangé.

Il se leva au bout de quelques jours. Comme sa cheville n'était pas guérie, il s'appuya sur une canne pour se déplacer à travers le palais. Il recevait un abondant courrier et de nombreux coups de téléphone. Les gens prenaient des nouvelles de sa santé et voulaient savoir quand il serait capable de s'occuper de telle ou telle affaire. Le Dr Rivas lui imposa encore une semaine de repos et, durant ce temps de convalescence, Lola vint souvent lui tenir compagnie.

Après les avoir vus tous les deux flânant sur les

pelouses éclaboussées de soleil, ou assis dans des fauteuils de jardin, Rosary acquit la conviction que la jeune Portugaise était amoureuse de Dom Duarte. Mais comme toujours, il lui fut impossible de deviner ses sentiments à lui. La présence de Lola semblait lui plaire et le distraire. Il l'accueillait avec le sourire. Sa tenue plus décontractée qu'à l'ordinaire lui conférait encore davantage de charme.

Le soir, Lola était invitée à dîner avec son frère. Ensuite, au salon, Dom Duarte priait Rosary de se mettre au piano. A chaque fois, elle proposait un duo à Gisela. Et, tandis qu'elles jouaient ensemble, son employeur l'enveloppait d'un regard moqueur. Subtil comme il l'était, il avait senti que Rosary était trop intimidée pour exécuter seule un morceau devant lui. Quant aux autres auditeurs, elle ne les craignait pas. Ils n'avaient pas l'oreille aussi exercée que lui.

Finalement, un soir, il en vint à exiger sur un ton calme mais sans réplique un solo.

— Je suis sûr que vous connaissez bien les études de Chopin, dit-il à Rosary en se calant confortablement dans son fauteuil.

Il tenait un verre de cognac à la main et une lueur malicieuse dansait dans ses yeux.

— Elles sont encore trop difficiles pour Gisela, ajouta-t-il, et j'ai envie d'entendre l'étude en mi majeur. Pouvez-vous jouer, Miss Bell?

Rosary avait refusé le cognac. Elle lui avait préféré du café portugais au riche arôme. Elle fixa l'oiseau aux couleurs charmantes peint sur sa tasse, en répondant qu'elle connaissait ce morceau mais n'était pas sûre de pouvoir l'interpréter aussi bien que le *senhor* le souhaitait.

— Je serai indulgent, fit-il sur un ton ironique. Je sais combien les études sont complexes sous leur voile de beauté. Pourtant, cette soirée parfumée et romantique appelle cette musique. Ayez la bonté d'accéder au caprice d'un invalide.

Rosary considéra son interlocuteur, se demandant s'il s'agissait d'un sous-entendu. Elle lui devait bien plus que la satisfaction d'un caprice. Elle était en partie responsable de la blessure que cachait une mèche de cheveux sur son front, du bandage autour de son torse, et des souffrances que lui infligeait sa cheville. Il souriait vaguement en la regardant et elle perçut le défi qu'il lui lançait.

— Oh oui, jouez pour nous! s'exclama Lola avec une franche gaieté.

Elle était assise à côté de Dom Duarte, et sa robe en brocart rose contrastait avec le costume noir. Ses cheveux brillants étaient souplement tirés en arrière. A la lumière douce de la lampe, elle avait l'air d'une madone délicieuse et attirante.

— Oui, faites-nous ce plaisir, se joignit Dacio aux autres. Je vous ai entendue enseigner les gammes et les arpèges, mais vous ne nous avez jamais donné l'occasion de vous écouter. Seriez-vous timide?

— Non, répondit-elle.

Toutefois, la présence de Dom Duarte la rendait nerveuse. En apparence, le maître de céans flattait le modeste professeur en la priant de jouer, mais Rosary savait la vérité. Cette attention, il la lui accordait par dérision. A présent, tout le monde regardait Rosary. La *Senhora* de Ardo avait posé son crochet, Gisela avait cessé de caresser le chat qu'un jardinier lui avait donné. Tous attendaient.

Dom Duarte demanda à Dacio d'ouvrir le piano pour Rosary. Résignée, elle quitta son fauteuil et traversa le salon garni de longues tentures, de meubles anciens et d'un tapis à grandes fleurs. Les murs étaient ornés d'aquarelles aussi fines que de la soie. Des vitrines sculptées renfermaient des livres et de précieuses pièces de porcelaine et d'argent. La jeune fille arriva devant le piano à queue d'une blancheur d'ivoire. Dacio était en train d'allumer la lampe et elle sentit son souffle chaud sur sa nuque, tandis qu'il approchait le tabouret. Lorsqu'elle s'assit, il lui murmura :

— Du calme, il ne vous mangera pas.

Elle échangea un regard avec le jeune homme et soudain, elle sourit. C'était vrai. Dom Duarte était un homme comme les autres. Dans le passé, elle avait bien joué pour Erick et il l'avait félicitée.

Dacio s'éloigna, la laissant seule avec le magnifique instrument. La lampe faisait briller ses cheveux et auréolait d'argent les courbes gracieuses de sa silhouette. Elle posa ses doigts sur les touches et décida d'oublier l'homme qui fixait sur elle des yeux où dansaient de petites flammes d'or... des yeux d'oiseau de proie prêt à foncer sur elle pour la punir d'être la seule femme de l'île à oser ne pas tomber à genoux devant lui.

Elle exécuta l'étude avec aisance, en restituant toute la magie. Au milieu du morceau, un rossignol mêla son chant mélodieux aux notes. Elle en fut si charmée qu'elle oublia l'assistance et continua à jouer, d'abord un scherzo, puis une valse. Elle revint soudain à la réalité en s'apercevant qu'elle était passée à un morceau de sa composition. Au même instant, le rossignol se tut. Gisela accourut vers elle et lui entoura les épaules de son bras.

— Vous étiez merveilleuse! Continuez... Je vous en supplie!

— Non...

Rosary se trouvait soudain dans un état de tension extrême et elle n'aurait pas pu jouer une note de plus.

— C'est assez pour ce soir, ajouta-t-elle.

Elle se leva prestement et se tourna vers les autres.

— J'espère que je ne vous ai pas trop ennuyés, lança-t-elle sur un ton presque agressif.

— Ennuyés? protesta Dacio. C'était magnifique!

— Oui, magnifique! approuva Lola.

Et pourtant, Rosary discerna une lueur de rancune dans ses yeux. Elle n'appréciait sans doute pas vraiment que la jeune Anglaise eût provoqué l'admiration générale.

— Je vous ai trouvée éblouissante, insista Dacio.

— Miss Bell, s'enquit Dom Duarte, je n'ai pas reconnu le morceau que vous avez joué pour finir. De qui est-il?

— Je... j'ai oublié, *senhor*.

Elle ne pouvait pas lui avouer qu'elle l'avait composé elle-même. Il était né dans son esprit, et surtout dans son cœur, durant ces derniers jours, et il s'était échappé de ses doigts pendant ce duo imprévu et délicieux avec le rossignol.

— Il s'agit sans doute d'un air de film que j'ai entendu, ou une musique de la radio, une de ces petites pièces sentimentales sans valeur qui restent gravées dans la mémoire des femmes.

— Peut-être, admit-il sans conviction en étudiant ses joues rouges et ses yeux brillants. Revenez vous asseoir, Miss Bell, et reposez-vous. Nous ayant charmés avec votre musique, vous avez droit à une récompense. Voudriez-vous un verre de vin?

— Non... merci.

Elle secoua la tête, elle avait chaud.

— Si vous le permettez, je vais sortir un peu sur la terrasse.

Elle ramassa sa longue jupe en soie bleue et passa près du fauteuil de Dom Duarte pour sortir dans l'air frais de la nuit. Il lui fallait fuir cette pièce où la lumière donnait un relief saisissant au visage du duc. Etait-elle déçue, était-ce possible, parce qu'il avait été le seul à ne pas la féliciter? Appuyée à la balustrade en pierre, elle médita en respirant le parfum des roses. Cette odeur lui rappela son foyer, à des milliers de kilomètres de ce palais portugais. Les étoiles rayonnaient doucement dans l'obscurité, l'air était aussi enivrant qu'un alcool capiteux et d'une douceur indescriptible, merveilleuse, idéale. Soudain, Rosary songea à la mer et elle éprouva l'irrépressible désir de se baigner.

Pourquoi pas? Elle pouvait s'éclipser discrètement. Dom Duarte et ses invités ne s'en apercevraient même pas. Ainsi, personne ne lui poserait de questions, personne ne lui dirait qu'au Portugal les jeunes filles ne se baignent pas la nuit. Pour chercher son maillot de bain, elle devait cependant passer devant les fenêtres du salon. Elle se préparait à le faire quand une silhouette d'homme se dressa devant elle.

— Dacio... que voulez-vous? lança-t-elle avec impatience.

Elle ne songeait plus qu'à partir, à nager seule.

— N'êtes-vous pas contente de me voir? rétorqua-t-il d'un air blessé. Je voulais vous redire combien j'ai apprécié votre musique. Ce fut une vraie révélation.

— Pourquoi une révélation? répliqua-t-elle assez sèchement. Vous vous doutiez bien que la petite-fille de Courland Bell savait jouer du piano!

— Vous possédez un immense talent.

Comme il s'avançait, elle recula contre la balustrade, et il ajouta :

— Ne minimisez pas vos dons. Son Excellence souhaite peut-être un professeur très effacé, mais vous n'avez aucune raison d'être modeste. Même votre nom, Rosary, qui évoque un jardin secret plein de roses, confirme que vous êtes une personne exquise.

— Vous êtes trop bon, Dacio. Si nous étions en Angleterre, vous me trouveriez bien ordinaire. Ici, j'attire l'attention parce que je suis la seule blonde parmi des femmes aux cheveux et aux yeux noirs.

— Ordinaire! Non, vous êtes exceptionnelle, affirma-t-il en s'approchant encore d'elle.

Autour d'eux, les fleurs exhalaient des parfums grisants et, dans les yeux de Dacio, Rosary discerna une sorte d'ivresse.

— Je... j'allais rentrer dans ma chambre, balbutia-t-elle et, comme il se rapprochait toujours d'elle, elle s'affola : Dacio, nous ne devons pas rester ainsi en tête à tête, la *Senhora* de Ardo ne tolère pas. Elle m'a déjà menacée de me renvoyer si elle me voyait flirter...

— Est-ce que nous flirtons? murmura-t-il, le regard brillant. Est-ce que cela vous plairait?

— Dacio, voulez-vous me faire perdre mon travail?

Elle essaya de le repousser mais il était plus fort qu'elle. Il n'y avait qu'un seul moyen de mettre fin à cette situation et de quitter la terrasse avant que quelqu'un ne criât au scandale.

— Pour tout vous dire, s'empressa-t-elle de déclarer, j'allais chercher mon maillot de bain. Il fait si bon que j'ai envie de nager.

— M'invitez-vous à vous accompagner? interrogea-t-il d'un air ravi. Dans toute ma vie, je n'ai jamais eu l'occasion de me baigner la nuit avec une jeune fille.

Elle ne sut comment refuser et, par ailleurs, elle fut frappée par l'enthousiasme de Dacio. Connaissant un peu les mœurs du pays, elle croyait volontiers qu'il n'avait encore jamais fait cette expérience. Et puis, l'idée de jouer un tour à Dom Duarte la séduisit. Elle partirait avec Dacio et il n'en saurait jamais rien...

— Il ne faudra le dire à personne, Dacio, fit-elle. Pendant que je me faufile pour chercher mes affaires, allez prendre les vôtres. Si vous êtes d'accord, nous nous retrouverons d'ici un quart d'heure sur le sentier qui mène à la plage du *palacete*.

— J'y serai! lança Dacio en s'emparant de sa main et en l'effleurant de ses lèvres.

Rosary se demanda soudain si elle n'était pas imprudente de lui avoir fixé ce rendez-vous.

— Vous vous conduirez bien, n'est-ce pas? Je vais nager avec vous, je n'ai pas d'autre... intention.

— Avez-vous peur? fit-il avec un demi-sourire.

— Je n'ai pas peur, mais je ne voudrais pas me fâcher

avec vous. Si vous tentez quoi que ce soit, je ne vous adresserai plus la parole.

— Les Anglaises seraient-elles plus prudes que les Portugaises? marmonna-t-il.

— Nous avons nos principes, expliqua-t-elle. L'amitié et l'amour sont deux choses différentes.

— Et mon amitié vous suffit?

— Oui, j'ai besoin d'un ami. A tout de suite, *amigo*.

— *Ate a vista, amiga.*

En gagnant rapidement et silencieusement sa chambre, Rosary espéra qu'il avait vraiment compris.

Elle parvint à quitter le palais sans se faire remarquer, et le rejoignit dans l'obscurité sur le sentier étroit et escarpé. La main dans la main, en étouffant leurs rires, ils descendirent jusqu'à la plage où se trouvait une maisonnette dotée d'un mobilier de salon en rotin et d'un bar où rien ne manquait pour étancher la soif des nageurs.

— Quelle belle nuit! s'exclama Dacio en sortant de la pièce où il s'était changé après Rosary.

Il leva la tête vers les étoiles si brillantes que la mer luisait comme une nappe de soie argentée. Près de l'eau, des bouquets de palmiers étendaient avec grâce leurs feuillages. L'air était imprégné de toutes les senteurs de l'île.

— Faisons la course! proposa Rosary en se précipitant vers l'onde mouvante où elle plongea avec délices.

Dacio arriva derrière elle et lui cria qu'elle avait oublié son bonnet de bain.

— Je n'en porte jamais, répondit-elle, j'aime laisser flotter librement mes cheveux.

— Vous êtes une nymphe, fit le jeune homme avec admiration.

Ils nagèrent côte à côte au même rythme dans les flots de saphir sombre.

— Etes-vous contente que je sois avec vous?

— Oui... c'est merveilleux de nager la nuit, n'est-ce pas? C'est encore plus agréable que le jour.

— Avez-vous déjà dit cela à un autre homme?

Dacio tourna la tête vers elle et elle perçut l'éclat de son sourire. Autour d'eux s'étendait l'immense solitude de l'océan où ils représentaient deux points minuscules. Ils étaient aussi un homme et une femme, et Rosary en avait pleinement conscience en cet instant. Poussée par la curiosité, elle s'interrogea sur le désir qui jetait un être vers un autre. Jamais encore elle ne l'avait éprouvé.

Lorsqu'ils furent épuisés, ils revinrent vers le rivage et s'assirent contre le tronc d'un palmier. Dacio regardait Rosary tordre ses longs cheveux ruisselants. Elle savait qu'il était fasciné par chacun de ses gestes. Aucune Portugaise ne s'était jamais conduite avec autant de naturel devant lui.

— A votre avis, votre sœur pensera-t-elle que nous sommes ensemble? demanda-t-elle. D'ordinaire, vous la raccompagnez chez vous.

— Son Excellence le fera à ma place et il en sera ravi, j'en suis certain. Vous avez sûrement remarqué comment il se comporte avec elle?

— Votre sœur est très belle, Dacio. Avez-vous déjà fait son portrait? Elle est si pétillante de vie que je me sens fade à côté d'elle.

— Vous?

Il éclata de rire et chatouilla le pied de Rosary du bout du sien.

— C'est vous que j'aimerais peindre, répliqua-t-il.

Rosary essaya de rire, mais elle s'inquiétait malgré elle. Si Lola devinait que son frère se trouvait avec elle, elle en parlerait sûrement à Dom Duarte. Cette perspective emplit la jeune fille d'un mélange de satisfaction et d'embarras. Sur cette île, la plus anodine des actions prenait un sens imprévu. Qu'allait-on penser de sa baignade innocente avec Dacio?

Comme s'il avait deviné ses pensées, il se pencha vers elle et demanda sur un ton taquin :

— Que pensez-vous de l'homme qui règne sur Vozes do Mar? Le considérez-vous comme un tyran qui veut garder les femmes dans la soumission?

— Il est un peu furieux, je crois, car je n'ai pas l'habitude de m'incliner devant un homme, serait-ce un *duque* très distingué et très puissant. Il ne me fait pas trembler avec ses colères ni rougir avec ses sourires.

Rosary laissa couler un peu de sable entre ses doigts et ajouta :

— A mon avis, il ne m'aime pas beaucoup, mais il sait que Gisela apprécie ma présence et il en tient compte.

— Comment pouvez-vous être sûre qu'il ne vous aime pas?

— Une femme sent ce genre de choses, répondit-elle.

— Alors sentez-vous que... je vous aime?

Dacio joua lui aussi avec le sable avant de poursuivre :

— En revanche, il ne m'est pas aussi facile de savoir si vous m'aimez. Les Anglaises sont très directes la plupart du temps, mais elles se montrent réservées lorsqu'il s'agit de leurs sentiments. C'est paradoxal et pourtant, nos Portugaises qui sont étroitement surveillées arrivent à exprimer leurs émotions par leurs regards.

— Les yeux des Portugais sont très expressifs, reconnut Rosary. Il suffit de remarquer comment Dom Duarte regarde votre sœur.

— Etes-vous jalouse? plaisanta Dacio.

— Non, grâce au ciel! Mon grand-père m'a appris à me réjouir d'avoir un corps et un esprit sains. Je m'en contente et je n'envie pas la beauté des autres femmes.

Dacio enveloppa sa compagne d'un regard admiratif.

— En ce moment, vous avez l'air d'une sirène.

Il contempla encore ses épaules nues, sa silhouette

harmonieuse, puis descendit jusqu'à ses pieds à demi enfouis dans le sable et demanda :

— Avez-vous froid? Voulez-vous que j'apporte une couverture?

— Non... de toute façon, il faut que je rentre. Il est très tard.

— Restez encore un peu. Attendez que Dom Duarte ait raccompagné Lola.

— Ne prendra-t-il pas un dernier verre avec elle?

— Non, un homme ne peut pas entrer avec une jeune fille dans une maison où il n'y a personne. Nos règles sont très strictes.

Rosary éclata de rire.

— Vous avez désobéi à une bonne demi-douzaine d'entre elles depuis que nous sommes ensemble! lança-t-elle. Heureusement pour ma réputation, je ne suis pas portugaise. Que penserait-on si on me voyait en maillot de bain et seule avec vous au milieu de la nuit?

— Vous seriez si compromise, déclara Dacio sur un ton insistant, que je serais obligé de vous épouser au plus vite.

— Pauvre Dacio! Ce serait affreux!

— Au contraire, ce serait fantastique si nous étions obligés de nous marier par une décision de Dom Duarte! Voulez-vous qu'on nous découvre?

— Non!

Rosary bondit sur ses pieds et courut vers la maisonnette. Elle ne pouvait entendre les pas de Dacio sur le sable, mais elle était sûre qu'il la suivait. Elle continua de courir à perdre haleine et, atteignant la *caseta* juste avant lui, elle parvint à lui claquer la porte au nez. Quelle catastrophe! Elle se voyait déjà contrainte d'épouser Dacio à cause de lois datant d'un autre âge. Elle enfila rapidement son peignoir de bain et ses sandales, sans prendre le temps de se débarrasser du sable qui collait à son corps, et prit ses vêtements sous son bras. Puis elle sortit par la porte arrière de la *caseta* et regagna le *palacete* à toutes jambes. A bout de souffle et le cœur battant, elle traversa les jardins à la hâte, se faufilant entre les silhouettes pâles des statues. Le feuillage et les fleurs la caressaient au passage comme des doigts de fantôme.

En arrivant devant le palais, elle dut s'arrêter, le temps de retrouver sa respiration. Elle constata avec soulagement qu'aucune lumière n'était allumée. D'ici quelques minutes, ni vu ni connu, elle aurait regagné la sécurité de sa chambre. Hélas, quand elle tenta de pénétrer dans le hall, elle éprouva un choc. Elle eut beau tourner la poignée dans tous les sens, la porte était fermée à clé.

Elle aurait dû se douter qu'on ne laissait pas un palais ouvert en pleine nuit. Impuissante, se mordillant nerveusement les lèvres, elle se balança d'un pied sur l'autre. Si elle frappait et parvenait à se faire entendre d'un domestique, l'incident serait à coup sûr rapporté à la *Senhora* de Ardo. Elle exigeait d'être tenue au courant de tout ce qui se passait dans la demeure. Elle voudrait alors savoir pourquoi Rosary s'était trouvée dehors, et l'affaire se terminerait mal car la jeune fille refuserait une fois de plus d'être traitée en enfant qui doit rendre des comptes.

Plutôt que de provoquer un scandale, Rosary préféra retourner à la *caseta* sur la plage. Dacio était sûrement rentré chez lui à présent. Elle dormirait là et, le lendemain matin, elle prétendrait qu'elle était sortie très tôt pour se baigner.

Comme elle l'avait prévu, la plage était déserte. Elle entra sans s'attarder dans la maisonnette et s'y enferma. Après avoir allumé la lumière et verrouillé la porte de derrière, elle s'y sentit en sécurité. Dans le bar, elle trouva une boîte de biscuits qui assouvit un peu sa faim. Elle remit ses vêtements et s'installa le plus confortablement possible sur le canapé, avec des coussins sous la tête et une couverture sur elle. Elle essaya d'oublier qu'elle était complètement seule dans la nuit. Les vagues entretenaient un mugissement perpétuel autour d'elle, et les palmiers bruissaient dans la brise.

En se recroquevillant sous la couverture, Rosary ne put s'empêcher de rire d'elle-même. Si elle avait tranquillement regagné sa chambre après avoir joué du piano, si elle n'avait pas accepté la compagnie de Dacio, elle serait en ce moment confortablement couchée dans son lit au palais. Elle serait en sécurité et non pas dans un endroit désert, environnée de bruits étranges.

Elle ne les entendit pas longtemps car elle sombra très vite dans un sommeil de plomb.

6

Le soleil brillait au-dessus de l'océan lorsque Rosary sortit de la *caseta*. Elle aspira à pleins poumons l'air vivifiant. Ayant laissé sa montre dans sa chambre, elle n'avait aucune idée de l'heure.

Il devait être six heures, estima-t-elle. Elle avait tout le temps pour retourner au *palacete*. Elle y rentrerait à la manière très décontractée d'une baigneuse matinale qui revient pour prendre son petit déjeuner. Les journées commençaient tôt au palais. Le secrétaire de Dom Duarte arrivait à huit heures et, à peu près au même moment, la *Senhora* de Ardo donnait le départ des travaux de nettoyage et de cuisine. Le menu changeait quotidiennement et les horaires devaient être scrupuleusement respectés pour ne pas retarder le gouverneur dans ses rendez-vous.

Rosary monta le sentier sinueux. Elle s'était blessée la veille en trébuchant tandis qu'elle regagnait la plage après avoir trouvé les portes du palais fermées. Son bras portait à présent une vilaine marque brunâtre. En toute autre circonstance, cette trace de la soirée précédente n'aurait eu aucune importance. Mais cette fois, cela risquait de la trahir...

Une grande passiflore la fouetta au passage, éclaboussant son visage de rosée. Rosary s'arrêta pour s'essuyer et, quand elle releva la tête, un homme se tenait devant elle, immobile dans un pull et un pantalon blanc, légèrement appuyé sur une canne.

Elle s'affola immédiatement. C'était la dernière personne qu'elle souhaitait rencontrer en cet instant. Déjà, il posait sur elle un regard scrutateur, un regard noir comme l'ébène dans la lumière glacée du matin. Rosary devait absolument parler, se montrer très naturelle.

— *Bom dia, senhor*. L'eau est délicieuse ce matin.

— Sous-entendez-vous que vous venez de nager, Miss Bell?

— Oui, répondit-elle tout en sentant qu'elle s'enferrait.

Dom Duarte la regardait maintenant d'une manière accusatrice. Il examina ses sandales, sa robe froissée et ses cheveux ébouriffés. Ils n'étaient pas mouillés, pas même humides. Elle devina qu'il était inutile de prétendre qu'elle avait porté un bonnet de bain. Dom Duarte savait qu'elle ne s'était pas baignée, c'était évident.

— Pourquoi me mentez-vous? demanda-t-il sur un ton menaçant.

Dans sa colère, il leva sa canne et décapita violemment une passiflore. Une pluie de pétales tomba sur le sol, et Rosary sursauta comme si elle avait reçu le coup. Elle porta la main à sa bouche pour étouffer un cri. Boitillant, il s'approcha d'elle. Le feu de la fureur brûlait dans ses yeux. Elle eut peur car elle comprit qu'il n'ignorait pas où elle avait passé la nuit.

Elle aurait voulu s'enfuir, trouver une relative sécurité auprès d'autres gens. S'il n'était plus seul avec elle, Dom Duarte serait obligé de se contrôler. Avec un peu de chance, elle pouvait le dépasser agilement... Mais à l'instant où elle esquissa un geste, il l'attrapa par le bras et la poussa contre un tronc d'arbre.

Une petite exclamation d'effroi échappa à Rosary. Elle fixa sur lui le regard d'une jeune fille qui n'avait encore jamais été traitée avec cette violence. L'écorce de l'arbre la meurtrissait à travers le mince tissu de sa robe. Ses yeux écarquillés par la stupeur et la crainte suppliaient l'homme de la laisser partir.

— Cette nuit, déclara-t-il d'un air sombre, Gisela a fait un cauchemar. Je l'ai entendue crier et je suis allé la réconforter. Elle aurait voulu vous voir. J'ai frappé à la porte de votre chambre mais vous n'avez pas répondu. Vous n'étiez pas là, Miss Bell. Vous n'avez pas dormi dans votre lit. Je vous ai cherchée partout jusqu'au moment où je me suis rendu à l'évidence. Vous ne vous trouviez pas au palais. J'ai alors téléphoné à la *Senhorita* Cortez pour savoir si vous étiez chez elle. Elle m'a dit que vous étiez sans doute avec son frère.

A la façon dont il mentionnait Dacio et regardait sa chevelure en désordre et sa tenue dérangée, Rosary s'empourpra.

— Vous avez osé passer la nuit dehors! lança-t-il sur un ton lourd de reproches.

— Et que croyez-vous que j'ai fait, Dom Duarte? répliqua-t-elle, les yeux brillants d'indignation.

Soudain hors d'elle, elle aurait pu le frapper, lacérer de ses ongles ses traits figés en un masque méprisant. De quel droit la jugeait-il? Et surtout, comment pouvait-il se permettre de l'accuser sans preuve? Il se comportait comme si elle l'avait offensé personnellement.

— Je veux savoir ce que vous avez fait, je l'exige même! rétorqua-t-il.

En parlant, il emprisonna l'épaule de Rosary entre des doigts d'acier et elle tressaillit de douleur.

— Vous me faites mal! gémit-elle en tentant de se dégager, mais il resserra encore son emprise.

Il la regardait comme un inquisiteur prêt à torturer sa victime pour lui arracher la vérité.

— Vous avez passé la nuit avec le *Senhor* Cortez, n'est-ce pas?

— Et alors? fit-elle, le défiant. Que pouvez-vous

faire? Me renvoyer de votre splendide île... me chasser comme une criminelle parce que j'ai usé en toute liberté de mes heures de loisir? La loi portugaise condamne-t-elle les jeunes filles qui ont envie de se baigner la nuit?

— Vous avez donc nagé la nuit dernière?

— Quelle perspicacité! Comment l'avez-vous deviné, Dom Duarte?

— Vous êtes une impertinente et vous méritez une leçon!

Une lueur furieuse apparut de nouveau dans les yeux de Dom Duarte, avertissant Rosary. Tout gouverneur de l'île qu'il était, il n'allait bientôt plus pouvoir se contenir.

— Et après avoir nagé, qu'avez-vous fait? Parlez!

— Vous êtes trop curieux, riposta-t-elle. J'ai vingt ans et vous me traitez comme une enfant irresponsable.

— Cortez vous traite en femme, je suppose?

— Me posez-vous la question, *senhor,* ou cherchez-vous à me faire avouer ma faute?

— Je vous préviens, *senhorita,* si vous persistez à répondre avec insolence, je vous châtierai comme vous le méritez.

Les petites flammes que Rosary avait déjà vues dans son regard s'allumèrent de nouveau.

— Ne croyez pas pouvoir me provoquer impunément, Miss Bell. Vous vous trompez. Continuez à vous comporter comme une femme libre qui revient d'une nuit d'amour, et vous verrez!

— C'est vous qui dites que j'ai passé la nuit avec Dacio!

— Que puis-je penser d'autre? Mais mon premier souci est de savoir pourquoi vous êtes blessée.

— Vous plaisantez! lança-t-elle avec un rire moqueur qui se transforma en cri lorsque Dom Duarte s'empara de son bras et examina la marque brunâtre.

— Vous n'aviez rien quand vous avez joué du piano hier, cela s'est donc passé après.

— Dacio n'y est pour rien. Je... je suis tombée en descendant le sentier dans le noir.

— Etiez-vous en train de fuir Dacio?

— Non... Je revenais du *palacete*. Ayant trouvé toutes les portes fermées, j'avais décidé de passer la nuit dans la *caseta*. J'étais seule, *seule*, entendez-vous, Dom Duarte?

— Je le savais.

— Comment? Vous le saviez et vous m'avez infligé cet interrogatoire!

— Il faut bien donner quelques leçons aux femmes têtues. Vous vous êtes enfuie du salon la nuit dernière comme une grande artiste qui estime n'avoir pas reçu assez d'applaudissements. Vous avez très bien joué, Miss Bell, mais même votre jeu trahit votre nature impulsive et indisciplinée. Vous ne vous laissez pas guider par les lois musicales... pas plus que par celles d'un homme, n'est-ce pas?

Il avait raison, entièrement raison, autant pour son jeu que pour sa position par rapport aux hommes. En toute honnêteté, elle dut le reconnaître. Elle releva la tête.

— Comment savez-vous que j'ai passé la nuit seule sur la plage?

— J'ai envoyé deux domestiques à votre recherche et j'ai téléphoné une seconde fois aux Cortez. Cette fois, Dacio était rentré. Quant à mes domestiques, ils ont trouvé la porte de la *caseta* fermée et les traces de vos sandales dans le sable. J'ai décidé de vous laisser là où vous étiez.

— Et ce matin, vous êtes venu à ma rencontre pour me sermonner?

— Ne croyez-vous pas que vous le méritez? Je vous ai engagée pour éduquer ma fille et lui tenir compagnie. Cette nuit, elle avait besoin de vous et vous n'étiez pas là.

— Comment aurais-je pu deviner qu'elle allait justement avoir un cauchemar? Je ne savais même pas qu'elle en faisait.

— Cela lui arrive souvent depuis la mort de sa mère.

Ce disant, il relâcha légèrement la pression de ses doigts sur l'épaule de Rosary.

Cessant de la fixer, il laissa errer son regard sur la mer qui scintillait au bas du sentier. Le soleil commençait à percer le feuillage des arbres et à assécher la rosée. Un fort parfum de passiflore flottait dans l'air.

— Le cauchemar de Gisela, poursuivit-il, a sans doute été causé par mon accident. Elle n'est pas comme vous, Miss Bell. Pour se sentir en sécurité, il lui faut les gens qu'elle aime autour d'elle. La prochaine fois, soyez là quand elle aura besoin de vous sinon vous perdrez votre place.

— Vous ne me renvoyez donc pas maintenant?

Dom Duarte haussa les épaules en signe d'indulgence.

— Votre impétuosité britannique et votre goût pour l'aventure ne disparaîtront pas en un jour. D'ailleurs, il m'arrive à moi aussi de ressentir l'appel de la mer lors d'une belle nuit étoilée mais... mais je me demande comment vous avez réussi à renvoyer le jeune Cortez chez lui après la baignade... comme un gentil petit garçon bien sage?

La colère de Dom Duarte était enfin tombée. Soulagée, Rosary se laissa aller contre l'arbre et se permit de sourire au souvenir de la façon dont elle avait claqué la porte de la *caseta* au nez de Dacio.

— Il m'a dit qu'il serait obligé de m'épouser si nous étions surpris ensemble. Je sais qu'on ne plaisante pas avec ce genre de choses au Portugal et je n'ai pas envie d'être mariée contre mon gré.

— Vous vous réservez pour le jeune homme qui vous attend en Angleterre, n'est-ce pas?

S'appuyant sur sa canne, Dom Duarte la considérait avec une expression malicieuse.

— Il est bien imprudent de vous avoir laissé partir ainsi. Il ne se doute pas que l'air de Vozes do Mar fait tourner la tête aussi sûrement qu'un verre de *vinho verde*.

— Oui... c'est vrai, accorda Rosary d'une voix timide. Il règne une sorte de magie ici... une atmosphère de paradis perdu... On a du mal à croire que de l'autre côté de la mer et des montagnes, des gens se battent et bafouent toutes les valeurs de la société. Si j'étais portugaise, je ne voudrais quitter cette île pour rien au monde.

— Mais vous n'êtes pas portugaise, déclara Dom Duarte en parcourant du regard les mèches blondes ébouriffées qui encadraient le visage triangulaire plein de charme. Il étudia le petit menton volontaire, la bouche bien dessinée et les grands yeux en amande.

— Vous êtes une jeune fille spontanée, Miss Bell, vous dites ce que vous pensez. C'est une qualité à laquelle les Portugais ne sont pas habitués. Elle les déconcerte.

— Vous préférez tout envelopper dans de la soie... mais vous connaissez aussi l'acier tranchant..., risqua-t-elle.

— C'est notre sang sarrazin qui le veut, admit Dom Duarte avec un étrange sourire.

— Et votre sang sarrazin vous pousse aussi à soumettre entièrement les femmes à vos désirs, *senhor*.

— Cela rend la vie plus agréable aux hommes, *senhorita*.

— Pourtant une femme absolument docile doit être ennuyeuse à mourir. Ne me dites pas que vous n'aimez pas lutter un peu.

— Vous voulez parler de petits duels verbaux! fit-il sur un ton moqueur.

Il faisait allusion à leur conversation et le fait de considérer Rosary comme une femme semblait l'amuser beaucoup. Elle n'avait pourtant qu'un an de moins que

Lola, et il prenait bien cette dernière au sérieux. Peut-être avait-il même l'intention d'en faire sa seconde épouse. Un homme plein de vitalité comme lui ne pouvait pas rester éternellement seul. Il ne pouvait pas non plus se reprocher la mort d'Isabela jusqu'à la fin de son existence. Rosary s'en voulait encore terriblement de la réflexion qu'elle lui avait faite à ce sujet.

— Je... je dois rentrer au palais, balbutia-t-elle. Gisela a besoin de moi...

— Elle vous demandera où vous étiez la nuit dernière. Vous lui direz la vérité, n'est-ce pas?

— Oui, *senhor*. Et à la *Senhora* de Ardo?

— Je lui expliquerai que nous vous avons trouvée, Alfredo et moi, endormie seule dans la *caseta*.

Rosary ouvrit de grands yeux.

— Vous étiez avec le domestique?

— Oui, répondit Dom Duarte. J'ai ouvert avec un double de la clé et je suis entré pour voir si vous alliez bien. Vous dormiez et votre couverture était tombée par terre. Je l'ai remise en place et je suis ressorti en fermant de nouveau la porte à clé. Tant que vous êtes mon employée, je suis chargé de veiller sur vous.

A ces paroles, Rosary ne put s'empêcher de rougir.

— Je vous cause, semble-t-il, plus de souci qu'un professeur portugais. Je... je suppose que je vous dois des excuses, mais en Angleterre, un employeur ne se serait pas occupé de mon escapade.

— Parce que les femmes sont plus libres dans votre pays. En tant que Portugais, je considère qu'une jeune fille de vingt ans n'a pas la même expérience que moi. Mais allons prendre le petit déjeuner au lieu de discuter. Je suis sûr que vous avez faim.

Rosary acquiesça. En se mettant en route aux côtés de Dom Duarte, elle fut plus que jamais impressionnée par sa haute taille. Il était bien plus grand que Dacio, bien plus grand que la plupart des hommes de l'île. Cela renforçait son air de supériorité.

Ils atteignirent les haies odorantes de camélias qui marquaient l'entrée des jardins. Jamais encore, Rosary n'avait remarqué à ce point le goût raffiné qui avait présidé à l'aménagement des lieux. Elle ne s'y trouva soudain pas du tout à sa place avec sa robe froissée et sa chevelure en désordre. Elle éprouva le désir de faire immédiatement sa toilette. Elle comprenait pourquoi un homme aussi distingué que Dom Duarte la considérait avec cet air méprisant.

— Je dois aller me changer, annonça-t-elle en évitant son regard. Si vous aviez décidé de me renvoyer, je n'en aurais pas été surprise, *senhor*. Je me suis conduite d'une manière irréfléchie.

— Très irréfléchie. Vous mériteriez bien que je vous renvoie. Et regardez-moi quand je vous parle!

Elle leva les yeux à contrecœur. Ce ton de réprimande lui déplaisait et elle était prête à protester, mais Dom Duarte la prit de vitesse :

— Votre présence nous apporte le désordre, Miss Bell. Qui sait ce que vous finirez par provoquer ici? Pour le moment, rentrez et préparez-vous pour le petit déjeuner.

Rosary ne se le fit pas dire deux fois. Elle prit la fuite et fut ravie d'arriver jusqu'à sa chambre sans croiser personne. Là, elle éprouva un intense sentiment de sécurité. Sans perdre un instant, elle ôta ses vêtements et courut sous la douche. Tout en se lavant, elle songea à sa conversation avec Dom Duarte.

Dire qu'il était parti lui-même à sa recherche! Dire qu'il l'avait vue dormir dans la *caseta!* Il avait même ramassé la couverture. Sans le vouloir, il venait de lui révéler une nouvelle facette de sa personnalité si complexe. Il était capable de s'inquiéter pour une simple employée, de se montrer attentionné... Mais comme il savait aussi user de son autorité et rappeler qu'il était le maître! Rosary frissonna au souvenir du geste avec lequel il avait décapité la passiflore.

Elle pouvait s'estimer heureuse de ne pas être renvoyée. Dom Duarte avait parfaitement analysé son comportement de la nuit dernière. Il l'avait vexée en ne lui adressant qu'un froid merci alors que les autres s'étaient extasiés sur ses talents de pianiste.

Tandis qu'elle sortait de la salle de bains, Gisela poussa la porte de sa chambre. Elle était pâle et ne souriait pas.

— Bonjour, ma chère Gisela, s'empressa de lancer Rosary. Je meurs de faim. Encore une seconde et je descends prendre mon petit déjeuner. Quelle belle matinée!

Appuyée contre la porte, l'enfant négligea de répondre à cette remarque.

— Où étiez-vous la nuit dernière? demanda-t-elle, l'air sombre. J'avais besoin de vous et on ne vous a pas trouvée.

— J'étais allée me baigner et je n'ai pas pu rentrer dans le palais. Je suis étourdie!

Rosary avait parlé avec une certaine désinvolture. Elle n'avait pas l'intention de subir un second interrogatoire pour une faute tout compte fait mineure. Ces Portugais n'avaient qu'à comprendre! Après vingt années de vie en Angleterre et seulement quelques semaines à Vozes do Mar, Rosary n'était pas encore habituée à leurs usages.

— Vous étiez avec Dacio, déclara Gisela sur un ton accusateur.

En cet instant, elle ressemblait énormément à son père, mais elle se contrôlait moins bien.

— Je suppose que vous le préférez à moi parce qu'il est un homme! Vous aimez qu'il vous fasse la cour!

— Pas le moins du monde, Gisela!

Rosary répondit à la colère par la colère :

— Décidément, tout le monde me reproche la même chose dans cette maison! Je vais vraiment finir par me faire un chignon, je porterai de grosses lunettes et je me mettrai un sac en guise de robe ! Vous serez contents !

— Cela ne vous empêcherait pas d'être jolie, marmonna Gisela et soudain, elle courut vers Rosary.

Nouant ses bras autour de son cou, elle la serra à l'étouffer.

— J'ai peur de vous perdre. Je... je sais que lorsqu'on grandit, les hommes deviennent importants. J'essayerai de ne pas être jalouse, si Dacio vous plaît. Il est beau...

— Je ne suis pas du tout amoureuse de Dacio Cortez, affirma Rosary avec un sourire.

Elle caressa la chevelure noire de son élève.

— Nous sommes amis, Gisela, c'est tout. Et maintenant, si vous ne voulez pas que je meure de faim, allons prendre notre petit déjeuner !

Réconciliées, l'élève et le professeur descendirent en se donnant la main. Elles croisèrent Dom Duarte qui, vêtu d'un magnifique complet gris, partait régler des affaires à l'extérieur.

— Tu as meilleure mine ce matin, *pequena,* dit-il à sa fille. Bonjour, Miss Bell.

Il arborait un sourire courtois et semblait avoir oublié leur récente discussion.

— Je vais en ville. Si vous pouvez être prêtes rapidement, je vous emmène. Nous déjeunerons ensemble au restaurant. C'est samedi après tout, la vie n'est pas faite que de cours.

Gisela dévisagea son père avec incrédulité.

— Vraiment ?

Elle avait rougi de plaisir.

— Ai-je l'habitude de parler en l'air ?

L'enfant se tourna alors vers Rosary.

— Avez-vous envie de sortir ?

— Eh bien...

Incertaine, elle considéra Dom Duarte pour savoir ce qu'elle devait répondre.

— Cela me tente, mais je ne voudrais pas gêner, je...

— Miss Bell, si je vous ai invitées toutes les deux,

cela signifie que vous pouvez venir, déclara Dom Duarte sur un ton suave. Je vous attends dans ma voiture.

S'appuyant toujours sur sa canne, il s'éloigna et Gisela lança gaiement :

— Mangeons vite! Il n'aime pas attendre et ce serait dommage s'il partait sans nous, n'est-ce pas?

Rosary acquiesça. En dégustant les petits pains et le café au lait bien crémeux, elle s'interrogeait sur le comportement de son employeur. Après s'être montré sévère, il voulait sans doute lui prouver qu'il pouvait aussi se conduire avec gentillesse.

En se levant de table, elle demanda à Gisela :

— Cette jupe et ce chemisier sont-ils assez élégants?

— Vous êtes parfaite, approuva l'adolescente, et vous avez l'air très anglaise.

Elle se leva aussi et ajouta :

— Etes-vous prête?

— Il faut encore que j'aille chercher mon sac à main.

— Faites vite! Je pars déjà rejoindre mon père.

Gisela se précipita hors de la salle à manger comme si elle avait eu peur de voir cette occasion inespérée lui échapper à la dernière minute. Rosary monta dans sa chambre, se maquilla, se fit un chignon et usa d'un parfum discret. Elle voulait paraître aussi effacée que possible pour ne pas ranimer la colère du duc à son égard.

Lorsqu'elle arriva dans la cour, le chauffeur attendait debout près de la limousine grise. Gisela et son père avaient déjà pris place sur la large banquette à l'arrière.

— Montez! lança Dom Duarte en notant d'un seul coup d'œil la coiffure, les lèvres légèrement teintées et, tandis qu'elle pénétrait dans le véhicule, Rosary sentit le feu de son regard.

Jamais de sa vie elle n'avait voyagé dans une aussi belle voiture. Elle glissait plus qu'elle ne roulait sur la route. Au bout d'environ deux kilomètres, elle quitta le domaine pour s'engager sur une voie publique.

— Vous ne connaissez pas encore bien notre ville, Miss Bell, déclara Dom Duarte.

Il s'était exprimé sur un ton si courtois que, de surprise, Rosary ne répondit pas tout de suite. Etait-ce bien le même homme, celui qui l'avait poussée contre le tronc d'un arbre et lui avait parlé durement au début de cette matinée? Il n'avait pas le droit de jouer maintenant la carte du charme alors qu'elle souffrait encore de ses reproches!

En dépit de ces considérations, Rosary finit par se détendre. Puisque Dom Duarte la jugeait indisciplinée et trop volontaire, elle allait elle aussi l'étonner. Elle était décidée à se conduire de la manière la plus humble et la plus docile pendant cette journée. Pour commencer, elle lui décocha son plus aimable sourire, celui que son grand-père trouvait irrésistible.

— Pourriez-vous nous montrer les curiosités historiques de la ville, *senhor?*

— Dès que j'aurai réglé mes affaires, je vous emmènerai voir des maisons qui comptent parmi les plus anciennes de l'île.

Haussant les sourcils en signe de légère ironie, Dom Duarte ajouta :

— Commenceriez-vous à vous intéresser à l'histoire de Vozes do Mar, *senhorita?*

— Certainement. Et c'est sans doute l'un de vos ancêtres qui l'a découverte, et peut-être nommée ainsi?

— Avez-vous consulté les documents de ma bibliothèque? répliqua-t-il.

— Non, mais j'en ai le sentiment. L'histoire de votre famille paraît indissociable du passé de cette île, comme de son avenir, d'ailleurs.

— Aucun d'entre nous ne connaît le futur, déclara-t-il. Mais vous avez raison sur un point. L'île a été découverte par un Montqueiro. Et comme en accostant, il a entendu la mer battre les plages de l'île, il l'a baptisée Vozes do Mar, c'est-à-dire les « voix de la mer ».

— C'est très romantique, *senhor*.

— Oui, admit Dom Duarte un peu ironiquement. Nous les Portugais sommes sensibles à des choses comme les murmures de l'eau, à des choses aussi insaisissables que le bonheur lui-même.

— N'êtes-vous pas heureux, papa? lança Gisela en lui embrassant la main.

— Je parle en général, mon petit. Et puis le monde des adultes n'est pas aussi rose que celui des enfants.

— J'étais pourtant très malheureuse quand vous avez eu votre accident, affirma Gisela.

Elle lui jeta un regard très éloquent, un regard où l'on lisait qu'elle avait appris à connaître la mort dès l'âge de neuf ans.

— Il ne faut plus y penser, Gisela. D'ailleurs, cet accident était entièrement de ma faute et nous devons remercier Miss Bell de m'avoir tiré des flammes.

Il considéra Rosary en déclarant :

— Je n'ai pas oublié que vous m'avez secouru.

— Je... je suis si contente que vos blessures n'aient pas été trop graves, *senhor*, balbutia-t-elle, la conscience peu tranquille.

— Moi aussi, *senhorita*, répliqua-t-il assez sèchement.

7

Accompagnée de Dom Duarte et de sa fille, Rosary pénétra dans l'ancien *palacio* transformé en musée. Il était précédé par un pittoresque portail aux arabesques de fer forgé caractéristiques des Maures. Les murs jadis d'une blancheur immaculée étaient couverts de lichen et de vigne vierge. Un catalpa semblait s'incliner en signe de bienvenue pour accueillir les visiteurs.

Ils passèrent la porte au sommet ovale découpée dans la pierre. Un corbeau y était perché. Il appartenait sans doute au gardien et il croassa sans bouger en dévisageant intensément les trois personnes. Ils contemplèrent les reliques d'un autre temps. Une armure sarrazine les impressionna dans son immobilité farouche. Des costumes et des bijoux ayant appartenu à des nobles portugais, ainsi que de délicates poupées et des éventails faits main retinrent l'attention de Rosary.

Les pas des visiteurs résonnaient sur le sol en mosaïque aux motifs et aux couleurs un peu éteintes qui rappelaient les tapis persans. Du plafond pendaient des lampes entourées de sortes de cages en métal incrustées de pierres colorées et translucides. Lors des soirées du passé, la lumière passant à travers ces pierres devait jeter des rayons rouges, verts ou bleus sur l'assistance vêtue de velours et de brocart.

De la salle principale, ils passèrent par un couloir

dans une cour où se dressaient des statues de marbre, brisées pour la plupart. De l'eau dormait dans un bassin, couverte de lotus dont les grandes feuilles abritaient d'innombrables grenouilles qui devaient annoncer par leurs coassements la tombée de la nuit. Des oiseaux gazouillaient dans le fouillis de la végétation, et l'air était chargé d'une forte odeur d'herbes et de fleurs.

Gisela passa son bras sous celui de Rosary car une ambiance pesante régnait autour du bassin. Dom Duarte regardait d'ailleurs la cour carrelée bordée d'urnes de pierre d'une manière étrange, comme s'il guettait l'apparition d'un fantôme.

— Il y a très longtemps, un duel a eu lieu ici, expliqua-t-il. L'un des combattants avait séduit la femme qui demeurait dans le *palacio*. Elle a couru se placer devant lui et a reçu le coup d'épée mortel à sa place. Elle a rendu le dernier soupir là, près du bassin, dans les bras de son amant.

Rosary croisa juste à cet instant le regard du duc et elle comprit que l'homme avait été un Montqueiro.

— Et que s'est-il passé ensuite, *senhor?* demanda-t-elle, voulant connaître les événements dont l'ombre planait encore sur cet endroit.

— L'homme a été chassé de Vozes do Mar, mais on l'a rappelé le jour où l'économie de l'île est devenue catastrophique. Les Montqueiro ne sont pas toujours sages en ce qui concerne les sentiments, mais ils sont très avisés en affaires et font de bons gouverneurs. Et maintenant, mesdemoiselles, si vous avez faim, nous allons déjeuner.

— Ce vieux *palacio* est merveilleux, déclara Rosary, mais je suppose que vous n'encouragez pas le tourisme sur l'île?

Dom Duarte secoua vigoureusement la tête.

— Les gens ne manquent pas de travail. Ils ont l'élevage, l'agriculture, la pêche, sans compter les vignes, le liège et l'artisanat. Ici, nous aimons vivre de nos propres ressources. Le tourisme nous déposséderait de notre individualité. Imaginez-vous ici ces horribles hôtels qui défigurent le reste du Portugal? Non, *senhorita,* tant que je serai gouverneur, Vozes do Mar ne sera pas envahi par les touristes.

Tout en jetant ces mots par-dessus son épaule, il entraîna les deux jeunes filles hors du *palacio*. Il donna à son chauffeur une adresse et parut soudain plus renfermé, comme s'il regrettait d'avoir livré des épisodes de l'histoire des Montqueiro à une étrangère.

Rosary l'avait sans doute aussi contrarié en lui parlant de tourisme. Il tenait évidemment à préserver la beauté et la tranquillité de son île.

Le regard de la jeune fille tomba sur sa main, une main aux doigts fins qui dégageait une double impression de grâce et de force. Serrant le pommeau de la canne, elle semblait en cet instant empreinte d'une violence contenue. Rosary avait voulu désarmer Dom Duarte et elle n'avait hélas réussi qu'à le mettre de mauvaise humeur.

Comme les Portugais étaient complexes! Elle songea à tout ce que leurs filles, fiancées ou épouses devaient apprendre pour ne pas commettre d'impairs avec eux. En compagnie de Lola, Dom Duarte lui avait toujours paru détendu et souriant. Elle ne lui posait pas des questions directes et graves comme une Anglaise. Un étrange sourire erra sur les lèvres de Rosary. Non, elle ne s'imaginait pas en train de jouer coquettement avec un éventail pour plaire à cet homme. Elle n'imaginait pas non plus cette main se posant sur elle dans un geste de tendresse.

A cette pensée pourtant, elle tressaillit et s'empressa de bavarder avec Gisela pour masquer son trouble.

— J'ai beaucoup aimé le collier de topazes, affirma-t-elle en respirant le parfum d'une fleur qu'elle avait cueillie.

— Les topazes ont la couleur de vos yeux, répondit l'adolescente. Qu'en pensez-vous, papa?

Rosary se sentit rougir et pria pour que Dom Duarte négligeât la question. Il aurait sûrement trouvé le moyen de glisser une allusion ironique dans ses paroles. La prière de Rosary, fut exaucée, car la voiture se gara juste à ce moment-là devant un grand café-restaurant qui avait disposé ses tables sur la place avec vue sur la mer. De nombreux clients y étaient déjà installés et toutes les têtes se tournèrent vers la luxueuse voiture grise qui portait le drapeau du gouverneur et ses armes de duc sur la portière.

Le maître d'hôtel les conduisit jusqu'à leur table en compagnie du propriétaire qui se tenait près de Dom Duarte, arborant un large sourire. Rosary sentit peser sur elle le regard des femmes. Elles examinaient sa tenue simple et ses cheveux blonds qui brillaient sous le soleil. Elles étaient choquées à coup sûr de voir le gouverneur avec une femme qui ne portait rien sur la tête. Dom Duarte s'assit en adressant un sourire à l'assistance et les femmes lui sourirent largement en retour. Le *senhor duque*, l'homme le plus puissant et le plus séduisant de l'île, ne pouvait pas les laisser indifférentes. Il se remarierait certainement un jour ou l'autre, et les unes rêvaient de lui pour elles-mêmes tandis que les autres n'auraient pas demandé mieux que de lui donner leur fille.

Dom Duarte semblait très conscient de ces calculs et, tout en se montrant aimable, il gardait ses distances. Il paraissait aussi lointain que certains sommets montagneux. C'était le parfait aristocrate qui se promenait avec sa fille et son professeur.

— Que voulez-vous boire, Miss Bell? s'enquit-il. Gisela adore les jus de fruits, et vous?

— J'en prendrai volontiers un aussi, *senhor*.

Il en commanda deux et une boisson un peu plus forte pour lui-même. On leur apporta la carte. Rosary s'y plongea avec délices, étudiant les noms pittoresques des plats du pays.

— Avez-vous faim? demanda Dom Duarte. Je vais faire venir le chariot de hors-d'œuvre.

Sans laisser à Rosary le temps de répondre, il claqua des doigts, et le serveur ne tarda à leur amener le chariot recouvert d'une nappe blanche. Il était chargé de plats de sardines grillées, de jambon fumé, de saumon, d'olives farcies, de crevettes et d'huîtres.

— Choisissez, offrit aimablement Dom Duarte à Rosary, et elle sut qu'elle l'amusait en prenant un peu de tout.

— Tout me tente, avoua-t-elle en ajoutant de la mayonnaise sur le bord de son assiette. Et l'air de votre île me donne un appétit gigantesque.

— L'île n'est pas à moi, ironisa-t-il gentiment. Je suis seulement aux commandes. Et maintenant, Gisela, vas-tu suivre l'exemple de Miss Bell?

— Oh oui... et j'aimerais que vous l'appeliez Rosary. Lorsque vous dites Miss Bell, cela fait tellement solennel. Elle n'est pourtant pas vieille!

En se servant avec entrain, elle déclara encore :

— Avez-vous remarqué comme tout le monde l'a regardée à notre arrivée? Plus tard, je ne veux pas porter des tailleurs sombres, des chapeaux et des hauts talons. Comme Rosary, je m'habillerai toujours simplement. C'est tellement plus agréable! On profite bien plus de tout lorsqu'on est à l'aise.

— Quand vous serez plus grande, ma fille, vous aurez sans doute envie d'imiter les autres jeunes femmes portugaises Ce qui convient à la *Senhorita* Bell ne convient pas forcément aux gens d'une autre nationalité. Les Portugais ont leurs habitudes et leur personnalité propres.

— Cela signifie, affirma Gisela à l'intention de Rosary, que je devrai me conformer aux usages portugais. Trouvez-vous que mon père est exigeant?

Rosary leva les yeux sur Dom Duarte. Il était en train de boire du vin et étrangement, elle s'aperçut qu'elle partageait ses vues.

Un Anglais pouvait se promener dans une tenue de sport avec le col de sa chemise ouverte. Cette même allure aurait conféré à un homme du Midi un aspect bien trop sensuel. Il y avait une grande différence entre le Nord et le Sud, et Rosary en avait pris pleinement conscience. Cette différence jouait d'ailleurs en ce moment même. Un saisissant contraste opposait la jeune fille aux femmes des autres tables. Tout le monde la considérait avec curiosité et se demandait sans doute ce qu'elle faisait en compagnie de Dom Duarte.

Comme une femme aux cheveux argentés l'observait avec une insistance particulière, Rosary se risqua à lui sourire. La femme inclina alors la tête et Rosary fut flattée d'avoir reçu une réponse.

— C'est la *Marquesa* del Ronda, annonça Dom Duarte dont le regard vigilant ne manquait rien. Vous la rencontrerez à la grande fête que ses fils donnent pour célébrer les vendanges. C'est une soirée très appréciée, et cette année, Gisela est en âge d'y assister. L'expérience sera certainement très enrichissante pour vous.

En quittant le restaurant, la *Marquesa* et sa famille s'arrêtèrent près de Dom Duarte pour échanger quelques mots avec lui. Il se leva et baisa cérémonieusement la main de la vieille dame. Celle-ci se tourna ensuite vers Gisela et lui dit :

— Vous avez grandi, mon enfant.

Puis elle considéra Rosary et demanda :

— Vos cheveux sont d'un blond extraordinaire. Les teignez-vous?

Bien qu'irritée par cette question indiscrète, Rosary y répondit poliment par la négative. Elle avait appris en vivant auprès de son grand-père que les gens d'un certain âge bénéficiaient du privilège de parler à leur guise.

— Faites attention! déclara alors la *Marquesa* à Dom Duarte.

Elle paraissait toute petite à côté de lui, mais absolument pas intimidée.

— Si mes souvenirs sont exacts, votre grand-mère paternelle était très blonde. Elle était originaire d'Autriche, n'est-ce pas?

— Elle est venue avec le ballet de Vienne, en effet, répliqua aussitôt Dom Duarte, nullement gêné en apparence par ce qu'impliquaient les propos de la *Marquesa*. On peut dire qu'elle a fait son chemin jusqu'au cœur de mon grand-père en dansant. Ce fut un grand scandale à l'époque quand il l'a épousée, vous vous en souvenez sûrement.

— Ah vous, les Montqueiro! fit-elle en lui donnant une petite tape du bout de sa main gantée. Vous avez toujours été aussi séduisants que surprenants. Il faut vous remarier, Duarte. Vous ne pouvez pas rester seul. Jusqu'à présent, chaque Montqueiro a eu un fils pour reprendre son nom, et son diabolique pouvoir de séduction! Pensez-y, Duarte! A la *festa*, vous rencontrerez peut-être la jeune femme que vous attendez.

— *Marquesa*, riposta Dom Duarte avec un sourire légèrement ironique, vous êtes presque la seule femme à ma connaissance qui parle franchement.

— Et qui est l'autre? lança son interlocutrice, feignant la jalousie à l'égard de sa rivale en franc-parler.

Dom Duarte éclata de rire, d'un rire gai qui fit tressaillir Rosary. C'était comme un rire d'enfant et elle le considéra, surprise. Pourquoi s'étonnait-elle, au fond? Dom Duarte n'avait pas toujours été cet adulte à l'autorité et aux pouvoirs si impressionnants.

— Permettez-moi de garder son identité secrète, fit-il en s'inclinant de nouveau pour baiser la main de la *Marquesa*.

Amusée, elle s'éloigna, suivie par ses fils au maintien parfait et leurs épouses silencieuses.

— Elle était très belle, murmura Dom Duarte. Ce genre de femmes ne capitule pas devant l'âge. Elle a acquis beaucoup d'esprit et une assurance remarquable. Au lieu de perdre tous leurs moyens devant elle, ses belles-filles devraient la regarder droit dans les yeux comme vient de le faire Miss Bell.

Il releva un sourcil complice à l'intention de Rosary et ajouta :

— Je suis content que vous ne l'ayez pas laissée vous mettre en difficulté. J'ai vu comme vous releviez le menton en signe de défi!

— Bien sûr, *senhor!* Je ne teins pas mes cheveux, il fallait que je me défende. Evidemment, à côté de vos femmes aux chevelures de jais, je dois avoir l'air anormale!

— Ce ne sont pas mes femmes, corrigea Dom Duarte avec un sourire.

— Elles aimeraient en tout cas l'être...

Ces paroles avaient échappé à Rosary et elle rougit, d'autant plus que son interlocuteur la considérait soudain avec une expression mi-railleuse, mi-songeuse.

— Tout le monde dit que vous devez vous remarier, glissa Gisela avec une pointe d'anxiété. Pourquoi les gens se mêlent-ils de vos affaires? Ils savent pourtant que vous ne trouverez jamais une femme comparable à ma mère. Ils se doutent bien que tout votre amour est enterré avec elle.

Le cœur de Rosary se mit à battre plus vite tandis que l'adolescente parlait. La réponse de Dom Duarte fut terriblement longue à venir. Rosary devinait le sentiment de culpabilité qu'il éprouvait. Et par ailleurs, c'était vrai. Il avait tant aimé sa femme qu'il ne souhaitait pas se remarier. La *Marquesa* n'avait cependant pas tort en lui rappelant qu'il avait un nom à transmettre.

— On ne connaît pas l'avenir, Gisela, déclara-t-il très

prudemment. Un jour, il faudra que je songe sérieusement à avoir un héritier. Vous êtes assez grande maintenant pour comprendre le problème. Vous êtes ma fille chérie, Gisela, mais vous ne pourrez hériter de moi.

La tête baissée sur son assiette, Gisela refusait de regarder son père. Il était tout ce qui lui restait et elle l'adorait. En prenant une seconde femme, il lui briserait le cœur. Il le savait sûrement et il avait probablement décidé de la laisser grandir encore un peu avant de lui infliger cette épreuve. D'ici quelque temps, Gisela serait elle-même une jeune femme amoureuse et elle comprendrait mieux son père.

Pour repartir, la voiture prit la route de la côte. La mer bleue scintillait, baignant les rochers couverts d'algues. Comme la nature était belle! Et pourtant, il fallait encore plus pour faire le bonheur d'un être humain. Il fallait cette chose invisible, intangible et pourtant si forte appelée l'amour, ce miracle qui prenait soudain le visage d'un autre.

Rosary avait les yeux fixés sur la mer, mais elle pensait à Dom Duarte assis à côté d'elle. Il ne l'effleurait même pas, mais tout le côté gauche de son corps vibrait, comme si l'espace qui les séparait était chargé d'électricité.

La sensation était presque effrayante. Jamais auparavant Rosary n'avait ressenti à ce point la proximité d'un homme. Lorsque Dom Duarte bougea sa jambe blessée, elle tressaillit de peur à l'idée d'un contact. Il lui fallut plusieurs minutes pour revenir de son émotion et elle ne se détendit qu'en arrivant dans la cour du *palacete*. Elle n'attendit pas que le chauffeur lui ouvrît la portière, elle descendit vivement de voiture d'elle-même, avant Dom Duarte et Gisela.

Dans le hall, elle croisa la *Senhora* de Ardo qui sortait de la *sala* avec une amie. Elle les salua et poursuivit rapidement son chemin jusqu'à sa chambre.

Elle avait besoin de se retrouver seule pour mettre un

peu d'ordre dans ses pensées. Elle referma la porte derrière elle avec le sentiment d'avoir échappé à un poursuivant.

Elle dut s'appuyer contre le mur tant son cœur battait fort. Un tourbillon d'émotions inconnues s'était emparé d'elle.

Non... cela ne pouvait pas lui arriver, pas à elle! Elle se trouvait complètement désorientée. Elle n'avait rien en commun avec cet homme. Par moments, elle l'agaçait tant qu'il se retenait tout juste de la chasser. Elle se sentait incapable d'affronter de nouveau son regard après ce qu'elle venait de découvrir.

Elle alla se poster devant le miroir de sa coiffeuse et examina ses traits. Trahissaient-ils son secret? Son visage lui parut bouleversé mais personne ne pouvait savoir pourquoi. Comme toujours, elle jugea ses yeux trop grands, son nez trop petit et sa bouche trop large. Elle songea à la perfection physique de Lola Cortez.

Un triste sourire erra sur ses lèvres. Quel tour lui jouait son cœur!

Dans les jours qui suivirent, elle évita de se trouver en tête à tête avec Dom Duarte. Comme il avait beaucoup de travail, elle ne le vit que le soir, au dîner. A la fin du repas, il s'excusait et retournait s'enfermer dans son bureau. Il se montrait d'une politesse froide, et Rosary en était soulagée. Pourtant, en même temps, elle souffrait de ne recevoir de lui que de brefs sourires et des questions plutôt sèches concernant les progrès de Gisela.

Il s'agissait pour Rosary d'une expérience entièrement nouvelle. Elle n'avait encore jamais été à la merci de ses sentiments. Elle s'accusait de faiblesse. Elle se reprochait de s'être laissé séduire par un homme aux manières dominatrices et autoritaires.

Elle essaya de se changer les idées en pensant à son grand-père. Elle n'était pas seule au monde. Elle pouvait toujours se tourner vers lui en cas de difficulté. Et puis il y avait aussi Erick qui ne lui avait pas caché son attirance pour elle. Elle devait être folle pour tressaillir dès qu'elle entendait la voix grave de Dom Duarte résonner dans le *palacete*. Elle devait être folle pour avoir envie de courir vers lui dès qu'elle l'entendait marcher dans le couloir. Il avait abandonné sa canne, mais il boitait encore légèrement, lui rappelant qu'elle avait prononcé d'odieuses paroles.

C'était à présent le plein été et, afin d'éviter la grande chaleur de l'après-midi, Rosary allait dans la forêt. Elle se promenait à l'ombre des pins odorants et des chênes-lièges aux formes tourmentées. Seule parmi les arbres, elle laissait vagabonder ses pensées et y prenait un certain plaisir.

Elle savait qu'elle empruntait le chemin de la villa des Cortez. Aussi, un après-midi, ne fut-elle pas surprise de rencontrer Lola. Elle avait l'air fraîche et charmante comme une fleur dans sa robe rose, avec ses cheveux bruns noués en arrière sur sa nuque.

Les deux jeunes femmes ne se saluèrent pas immédiatement. Elles commencèrent par s'inspecter réciproquement. Une sorte d'hostilité s'était glissée entre elles, remplaçant leurs bons rapports d'autrefois. Un peu gênée par le silence persistant, Rosary mit les mains dans les poches de son pantalon et arbora un air désinvolte. Finalement, Lola se décida à demander :

— Voudriez-vous venir boire quelque chose à la villa?

Son regard démentait l'amabilité de ses propos.

— C'est une maison toute petite mais très agréable, et vous ne la connaissez pas encore. Duarte m'a toujours dit que j'ai le don des femmes de mon pays pour faire de mon foyer mon univers.

Elle avait appelé le gouverneur par son prénom d'une manière négligente et pourtant délibérée. Rosary eut l'impression d'être atteinte par une fine flèche empoisonnée. Lola lui rappelait ainsi la différence qui existait entre elles. L'une était l'amie du duc, l'autre, une simple employée.

— Je...

Rosary se préparait à refuser l'offre de Lola, puis elle se rendit compte qu'elle ne devait absolument pas laisser deviner qu'elle était jalouse.

— Je prendrais volontiers une boisson bien fraîche, déclara-t-elle alors. Je vous remercie.

Suivant le chemin, elles atteignirent un portail très décoratif enchâssé dans un mur. Lola l'ouvrit et elles pénétrèrent dans le jardin de la villa. Il était dénué de toute originalité. Rosary y découvrit des pergolas couvertes de roses, des parterres et des haies bien soignées. Pas le moindre pétale ni la moindre trace de poussière ne souillaient le sol carrelé de la terrasse ombragée par un store à rayures. Tout était organisé avec un ordre minutieux. Des fauteuils en rotin aux coussins de couleurs vives étaient disposés d'une manière parfaitement géométrique autour d'une table. Rosary crut avoir pénétré dans les pages glacées d'un magazine de décoration.

— Asseyez-vous, suggéra Lola. Je vais chercher des jus de fruit. Prendrez-vous aussi quelques gâteaux?

— Non merci, une boisson me suffira.

— Etes-vous sûre de ne rien désirer d'autre?

Lola décocha à Rosary un long regard froid et lourd de sous-entendus. Le pouls de l'Anglaise s'emballa aussitôt. La jeune Portugaise percevait-elle les émotions que lui inspirait l'homme qui avait sans doute dû venir souvent sur cette terrasse? Juste ici peut-être, songea Rosary en imaginant ses longues jambes étendues sur le sol rose.

— J'ai très soif, soutint-elle le plus naturellement du monde. Vous possédez un jardin magnifiquement entretenu. Vous en occupez-vous vous-même?

— Oui. Il est petit et cela me fait passer le temps... en

attendant de me marier. J'aurai alors bien d'autres occupations que le jardinage.

Lola éclata d'un petit rire et posa sa main contre ses lèvres, comme si elle se reprochait d'avoir trahi un secret. Elle pénétra ensuite à l'intérieur de la maison, laissant Rosary méditer ses paroles.

Celle-ci considéra l'eau de la fontaine au milieu du jardin. Le soleil y semait des diamants. Elle n'était pas du tout surprise par ce qu'elle venait d'entendre.

Lola serait la femme idéale pour Dom Duarte. Elle serait ravie de sa nouvelle position sociale et de son titre. Dans le palais qui semblait immense en comparaison de cette maison, elle jouirait de chaque instant où elle pourrait commander, dominer, montrer qu'elle était la maîtresse. Toutes les femmes de l'île envieraient son sort. Rosary n'avait même pas cette force. Après avoir éprouvé une cuisante douleur, elle se sentait soudain complètement abattue.

8

Lorsque Lola revint avec un plateau, elle trouva Rosary assise dans l'un des fauteuils de rotin, sa tête blonde reposant contre un coussin d'un bleu intense.

— Cette villa est merveilleusement retirée, fit-elle sur un ton charmé.

— Dacio s'y trouve trop au calme, expliqua Lola en souriant tandis qu'elle versait le jus de fruit. Je suis sûre qu'il retournera à Lisbonne dès que je ne serai plus à sa charge. Goûtez donc aux gâteaux. Je les ai faits moi-même.

— Dans ce cas!

Comme ils étaient délicieux, Rosary se servit même deux fois en déclarant :

— J'ai bien peur de ne rien savoir faire cuire à part des œufs et du bacon.

— Mais vous jouez du piano, et très bien.

Lola s'était installée près d'elle, les jambes élégamment croisées.

— Gisela a de la chance d'apprendre la musique avec vous. Evidemment, elle ne possédera jamais votre talent. Avez-vous l'intention de faire une carrière de professeur?

— Ce serait tentant, dit Rosary en faisant tinter les glaçons contre la paroi de son verre. J'éprouve une très grande satisfaction à transmettre ce que je sais à d'autres gens.

— Ne voulez-vous pas aussi vous marier?

Le regard de la jeune Portugaise pesait sur son interlocutrice et elle ajouta :

— Que pensez-vous des Portugais? Les trouvez-vous séduisants?

— Je ne peux guère prétendre le contraire! lança Rosary avec un sourire désarmant.

Elle savait pourtant que Lola pensait à un Portugais en particulier.

— Le type latin ne manque pas de charme, renchérit-elle.

— Oui, nos hommes sont de grands charmeurs, accorda Lola. Duarte est fascinant, qu'en pensez-vous? Il possède une sorte de magnétisme. On ne peut rien lui refuser... Je me doute de ce qu'il exige pour Gisela. Ce serait dommage pour vous de rester ici comme il vous le demande, jusqu'à ce que Gisela soit une adulte. Vous devriez vous échapper maintenant, avant qu'il ne vous vole votre jeunesse. Duarte est égoïste dans son genre.

— Comme tous les hommes, murmura Rosary. Mais j'aime cette île et je me suis attachée à Gisela. Personne ne me force à rester. J'ai suffisamment de volonté pour faire ce que je veux.

— Et pourtant, en vous rencontrant dans la forêt, il m'a semblé que vous étiez un peu triste.

Lola l'enveloppait d'un regard plein de curiosité.

— Nous sommes amies. Vous pouvez me confier ce qui vous préoccupe. La *Senhora* de Ardo vous a-t-elle encore fait des reproches?

— Non. Dom Duarte a réussi à la convaincre, je crois, qu'étant Anglaise, je ne me conduirai jamais comme elle le voudrait. Non, je ne suis pas triste. Pourquoi le serais-je?

Rosary regarda son interlocutrice droit dans les yeux. Personne ne devait connaître la raison de sa mélancolie. Elle finirait bien par sortir vainqueur de cette petite crise. Et si les sentiments qu'elle éprouvait pour Dom

Duarte ne retombaient pas avant le jour de son mariage avec Lola, elle quitterait certainement l'île. Dans son état actuel, elle ne pouvait supporter l'idée de vivre sous le même toit que la nouvelle épouse du gouverneur.

— Ah, quand on est jeune, fit Lola avec un gracieux haussement d'épaules, on est une proie facile! Je me suis demandé si aucun homme ne vous a embrassée depuis que vous êtes ici?

Rosary sourit de cette incursion dans sa vie privée et elle répondit avec une égale perfidie :

— Redoutez-vous que je fasse des promenades dans les jardins du palais avec votre frère? Il est charmant, je dois le reconnaître, mais nous travaillons tous les deux pour Dom Duarte et nous nous méfions de la *senhora*. Depuis qu'elle nous a vus rire ensemble, elle nous épie.

— Je vois, fit Lola.

Elle ne semblait ni satisfaite ni détendue.

Tant que l'acte de mariage ne serait pas signé, elle n'aurait pas de repos. Et Dieu sait que Dom Duarte allait encore la faire attendre dans l'intérêt de Gisela.

— Dacio est mon frère et j'ai tendance à oublier qu'il n'est pas celui des autres jeunes filles. C'était très osé de votre part d'aller nager avec lui, lança-t-elle.

— Il s'est parfaitement bien conduit.

— J'en suis heureuse pour vous.

Rosary s'étira et déclara :

— C'est bientôt la fin de la sieste. Je dois retourner auprès de Gisela. Nous jouons toujours du piano en fin d'après-midi.

Elle se leva.

— Souffrez-vous de notre climat? s'enquit Lola dont la peau semblait parfaitement fraîche. Il paraît que les blonds ne supportent pas la chaleur.

Admirant la délicate robe rose et la coiffure impeccable de sa compagne, Rosary ne put s'empêcher de sourire de sa propre allure. Dans son pantalon orangé, elle s'appuyait à la balustrade de la terrasse avec la nonchalance d'un garçon manqué.

— Les Anglaises ne sont pas fragiles, déclara-t-elle avec une pointe d'ironie. Merci pour cette boisson, Lola, et pour cette charmante conversation. Je crois que l'un des fils de la *Marquesa* donne une réception samedi soir. Vous y verrai-je?

— Bien sûr.

Lola considéra Rosary d'un air songeur.

— Si vous n'avez pas de robe de soirée, je pourrai vous prêter l'une des miennes.

— Non, je vous remercie mais... je ne suis que le professeur de Gisela. On n'attend pas une grande élégance de moi.

L'idée de porter une robe de Lola devant Dom Duarte déplaisait souverainement à Rosary. Elle avait l'impression que la future maîtresse du palais lui faisait don d'un vieux vêtement.

— *Ate a vista.*

Elle s'éloigna, s'enfuyant presque à travers le jardin. Elle avait beau se répéter que Lola avait voulu se montrer serviable, elle la soupçonnait fort de condescendance, et ses joues s'étaient empourprées sous l'offense. Ah, mais cela ne se passerait pas ainsi! Dès le lendemain, elle se rendrait en ville et s'achèterait la plus belle des robes! Et vendredi soir, elle se laverait les cheveux. Samedi, elle serait éblouissante!

En cette fin d'après-midi dorée, elle sortit de la forêt. Elle aimait ce moment mystérieux et plein de douceur. La nuit se préparait, diamants d'étoiles sur fond de velours noir.

Préoccupée, Rosary traversa la cour et rentra par la porte vitrée dans la pièce où elle devait retrouver Gisela. Elle se dirigea vers le petit piano et commença à jouer. Le soleil était couché et l'ombre avait envahi la salle. Soudain, Rosary perçut une odeur de cigare, et ses doigts s'immobilisèrent.

— Continuez, fit une voix derrière elle, près de la fenêtre. Continuez.

— C'est... c'est la fin du morceau, balbutia-t-elle.

Depuis combien de temps était-il là? Depuis combien de temps l'écoutait-il confier son secret en musique, en égrenant les notes passionnées du *Rêve d'amour* de Liszt? Il connaissait sûrement cette œuvre. Se rendait-il compte qu'elle avait révélé toutes ses émotions personnelles en l'exécutant? Elle n'osait pas le regarder. Elle avait trop peur de se trahir.

— Vous semblez aimer beaucoup ce morceau, déclara-t-il en soufflant une bouffée de fumée dans sa direction. Vous l'avez interprété avec beaucoup de cœur... et c'était moi qui vous entendais au lieu du jeune homme auquel vous pensiez. Quel dommage!

— Je ne pensais à personne, affirma-t-elle. J'avais simplement envie de jouer du Liszt. Je... j'espère que cela vous a plu...?

— *Rêve d'amour,* murmura-t-il.

Il vint si près d'elle qu'elle fut oppressée par sa haute stature.

— Vous imaginez-vous vraiment que je vais vous croire? Vous pensiez à un homme pour jouer aussi intensément.

— Vous estimez sans doute que les femmes pensent sans cesse aux hommes, répliqua-t-elle. Mon grand-père m'a enseigné ce morceau.

— Vous êtes bien évasive, *senhorita.*

— Et vous bien curieux, *senhor.*

Il émit un petit rire par-dessus sa tête. L'ombre s'épaississait, et les fleurs exhalaient des senteurs de plus en plus fortes. Rosary réprimait avec difficulté le désir de bondir sur ses pieds et de courir dans le jardin. Elle savait que Dom Duarte avait prévu cette réaction.

— Il fait noir... Je n'ai pas vu le temps passer, je... Il faut que j'aille me changer pour le dîner...

— Ne bougez pas.

Il posa légèrement la main sur son épaule.

— Ma tante a emmené Gisela chez son amie pour la soirée. Nous sommes seuls et dînerons ensemble d'ici un petit moment. Reposez-vous un peu.

— Mais...

Elle opéra un demi-tour sur le tabouret et surprit une lueur dans les yeux de Dom Duarte.

— J'ignorais que Gisela était de sortie!

— Cela s'est décidé à la dernière minute. Cette amie de ma tante a des nièces de l'âge de ma fille. Nous avons pensé que leur compagnie lui ferait du bien.

Un peu tendue, Rosary demanda :

— Craignez-vous que votre fille ne se lasse de moi? Il y a une solution bien simple. Mes six semaines d'essai se terminent.

— Ne vous emballez pas!

Dom Duarte rit encore et se dirigea vers une petite table sur laquelle se trouvait une lampe. Il l'alluma, mais Rosary resta dans l'ombre devant le piano. Il portait un veston de smoking en velours noir et lorsqu'il se pencha pour éteindre son cigare, Rosary le trouva si beau qu'un cri de douleur et d'admiration mêlées faillit lui échapper. Comme il se redressait en repoussant une mèche de cheveux sur son front, elle suivit le trajet de sa main. La sienne aurait eu envie de faire le même, puis de descendre le long de la joue, du cou, de l'épaule large et ferme, jusqu'au cœur qui appartenait à une femme de son pays.

La pensée de Lola ramena Rosary à la réalité. Elle se leva :

— Je ne veux pas vous imposer ma présence pendant le dîner, déclara-t-elle. Je me contenterai d'un plateau monté dans ma chambre...

— Cette idée est aussi peu flatteuse pour vous que pour moi, railla-t-il. Nous ne nous ennuyons pas ensemble, que je sache. En tout cas, en ce qui me concerne, je trouve nos petits duels verbaux très distrayants. Je ne sais jamais quand vous allez m'attaquer, ni ce que je vais bien pouvoir vous répondre!

— Moi non plus, je ne le sais pas d'avance! répliqua-t-elle avec un petit sourire nerveux.

Elle avait autant envie de rester avec lui que de résister à son pouvoir de séduction. Rien ne l'empêchait de s'enfermer dans sa chambre et de refuser de descendre... Mais non, elle le regretterait bien trop ensuite. Elle désirait plus que tout passer la soirée en compagnie de cet homme attirant, subtil, passionnant qui jouait avec ses nerfs. Lola l'avait avertie : il était impossible de lutter contre le charme de Dom Duarte.

— Je... je ne peux pas dîner en pantalon, balbutia-t-elle en reculant jusqu'à la porte. Je vais mettre une robe.

Il regarda sa montre.

— Je vous donne exactement une demi-heure.

Elle s'échappa comme un petit oiseau affolé, courut à travers le hall et monta l'escalier à toute allure, soulagée de bénéficier d'un bref répit. Elle frissonna en longeant le couloir désert qui accentuait le vide laissé par l'absence de la *senhora* et Gisela. Un dîner en tête à tête avec Dom Duarte lui semblait un événement extraordinaire, merveilleux et effrayant.

Ne disposant que d'une demi-heure, elle se doucha à la hâte, se parfuma et chercha dans sa garde-robe la tenue la plus adaptée. Elle se décida pour une robe sans manches en mousseline de plusieurs couleurs, ornée d'une ceinture en nacre. C'était une robe de jeune fille, dénuée de toute sophistication. Rosary l'enfila, puis brossa soigneusement ses cheveux. Elle appliqua ensuite un rouge à lèvres clair sur sa bouche et, s'étudiant dans le miroir, elle connut un bref moment de panique. Elle trouva son élégance trop voyante. Elle avait porté cette robe pour la dernière fois lors d'une fête d'étudiants et elle avait maintenant l'air de se rendre à ce dîner comme à une soirée. Mais que faire? Il était trop tard.

Dans le silence, elle entendait l'horloge du couloir l'avertissant que le temps était écoulé. Elle s'empara alors d'un petit mouchoir de dentelle et sortit de son appartement. Lorsqu'elle atteignit l'escalier, ses doigts se crispèrent sur le morceau d'étoffe. Il était en bas, dans le hall. Rosary s'immobilisa sans faire de bruit. Une petite voix lui criait en vain de poursuivre son chemin. Comme s'il avait perçu sa présence, il se retourna et leva sur elle un regard qui finit de jeter le trouble en elle. Pas un détail ne lui échappa. Il remarqua ses bras nus, ses jolies jambes dans un collant couleur chair. Puis il contempla sa chevelure vaporeuse et presque argentée, et le visage auquel elle essayait désespérément de garder une expression normale.

Il vint jusqu'à la première marche, une bouteille à la main.

— Vous êtes le symbole vivant de la jeunesse, ce soir. Peut-être devrais-je vous offrir du jus de fruit au lieu de ce vin?

Rosary n'avait toujours pas bougé. Les boucles d'oreilles qu'elle portait en souvenir de sa mère scintillaient sous ses cheveux. Rassemblant tout son courage, elle releva soudain la tête, les révélant encore plus et descendit. Elle arborait le sourire désinvolte d'une femme du monde.

— Je serais très déçue si vous ne me donniez pas de vin, *senhor*. Je ne suis plus une enfant.

— Plus une enfant et pas encore une femme, répliqua-t-il tandis qu'elle s'approchait de lui. Allons dans la *sala*, proposa-t-il. J'ai demandé qu'on nous serve là ce soir. C'est sinistre pour deux personnes de dîner à chaque bout de la longue table de la salle à manger.

Les lampes étaient allumées dans la *sala*, révélant les oiseaux et les fleurs brodées sur les tentures et le capitonnage des fauteuils. Une table ronde avait été dressée pour le dîner avec deux chaises l'une en face de l'autre.

Rosary regardait Dom Duarte. Elle essayait de savoir s'il était content de prendre son repas en tête-à-tête avec le professeur de sa fille. Elle avait peur. Elle avait entendu parler des fantaisies que se permettaient les hommes riches. Ils respectaient la femme qu'ils allaient épouser, mais s'amusaient à séduire les jeunes filles qui se laissaient attirer par eux comme un papillon par la lumière.

Dom Duarte referma la porte derrière lui et le tapis indien étouffa son pas. Rosary se raidit. Avait-il l'intention de profiter de la passion qu'il lui inspirait? se demanda-t-elle.

Elle se tourna vivement pour lui faire face et les boucles d'oreilles brillèrent autour de l'ovale pur de son visage.

— Pour qui me prenez-vous? lança-t-elle.

Il fronça les sourcils, puis, considérant la table préparée pour deux, les petits halos de lumière intime et les profonds fauteuils, il sourit soudain comme elle ne l'avait jamais vu sourire.

— Je vous prends pour une personne souvent exaspérante, répondit-il. En ce moment, votre jeune esprit fou cherche à comprendre pourquoi je vous ai invitée à dîner avec moi. Votre menton relevé m'indique que vous m'attribuez des arrière-pensées. Ai-je raison?

— Il est normal qu'une jeune fille se pose des questions, surtout quand elle sait...

— Quand elle sait quoi?

— Qu'elle n'a rien en commun avec l'homme qui l'invite. Cet homme s'offre probablement une simple distraction.

— Croyez-vous que cela me distrairait de vous séduire?

Il la regardait droit dans les yeux. Un petit sourire ironique errait sur ses lèvres.

— Je m'amuserai à maintenir le suspense sur mes intentions... ah, comme vous ouvrez de grands yeux! Croyiez-vous vraiment pouvoir écarter le danger par le seul fait d'aborder ce sujet? Comme vous êtes naïve! Entre un homme et une femme, ce langage direct ne contribue qu'à renforcer la tension, l'ignoriez-vous?

— Je... je vais me faire monter un plateau dans ma chambre! décréta Rosary en se dirigeant vers la porte.

Dom Duarte s'empara de son poignet au passage et la retint.

— Vous me décevez, railla-t-il. Je ne vous estimais pas lâche.

— Je ne le suis pas! riposta-t-elle en secouant la tête, faisant danser ses boucles d'oreilles. Je n'ai pas peur de vous...

— Mais de vous-même, peut-être?

— Pourquoi?

Elle le défia du regard tandis que le tourbillon de ses émotions menaçait de la jeter contre lui.

— Vous jugez-vous irrésistible, *senhor duque?* Vous êtes-vous déjà souvent amusé avec des jeunes filles comme moi... oh lâchez-moi, vous allez me casser le poignet!

Elle gémit.

— Rien ne vous arrête... Lola m'a bien avertie!

— Vraiment! Avez-vous parlé de moi avec elle?

Il approcha son visage du sien et ajouta :

— J'espère que ce fut une conversation intéressante.

— Très. Vos fiançailles ne sont pas encore officielles mais elle n'a pas pu se retenir de me confier son secret, déclara Rosary tout d'une traite.

Le souffle lui manquait. La proximité de Dom Duarte l'empêchait de respirer. Comment osait-il se conduire ainsi? Il jouait avec elle comme un chat avec sa proie. Etait-il de cette humeur parce qu'il allait enfin se remarier, comme tout le monde l'attendait? Devait-il se venger sur quelqu'un du bouleversement qu'il infligerait à Gisela et du tort qu'il ferait au fantôme d'Isabela? Fallait-il que ce fût sur Rosary... qui l'aimait tant?

Oui, elle l'aimait, tout en le haïssant pour sa cruauté et son air moqueur. On frappa soudain à la porte et il relâcha son poignet.

Un domestique entra avec un chariot chargé des plats du dîner. Rosary considéra derrière lui le hall... Les portes de la cage étaient ouvertes, elle pouvait choisir ce moment pour s'enfuir. Dom Duarte ne l'arrêterait pas devant le serviteur. Elle était aussi tendue qu'une flèche prête à jaillir de l'arc quand la voix du maître s'éleva :

— Venez, *senhorita,* fit-il d'une voix grave mais dénuée d'insistance, ne laissons pas refroidir la nourriture.

Elle étudia son visage. Il était devenu aussi indéchiffrable qu'un masque. Déjà, il tirait une chaise pour elle. Le domestique attendait de pouvoir les servir. Le vin se trouvait sur la table, ainsi que des camélias dont la blancheur ressortait sur un lit de fougères. Les lampes dispensaient un éclairage doux. Comme la prisonnière d'un enchantement, Rosary marcha jusqu'à la chaise que Dom Duarte tenait pour elle. Lorsqu'il s'installa en face d'elle, elle épia son expression. Elle avait capitulé. Se moquait-il d'elle? Ses traits étaient aussi figés que s'ils avaient été sculptés dans le bronze et il semblait entièrement occupé à déboucher le vin. Il le goûta puis remplit presque jusqu'au bord les deux verres.

— Ces bouteilles datent du temps de mon grand-père, annonça-t-il après le départ du domestique.

Ils étaient de nouveau seuls, les portes avaient été refermées.

— Dites-moi ce que vous en pensez.

Rosary en but quelques gorgées et le trouva délicatement doux-amer, comme un baiser.

— Il est bon, déclara-t-elle.

— Il est plus que bon.

Dom Duarte mangea une aile de faisan, reprit un peu de vin et demanda :

— Avez-vous été surprise en apprenant que ma grand-mère était une danseuse du ballet de Vienne?

Elle considéra ses larges épaules et songea à sa haute taille qui l'avait étonnée chez un Portugais.

— J'ai tout de suite deviné, *senhor*, qu'il y avait un étranger parmi vos ancêtres. Vous êtes beaucoup plus grand que les autres hommes de l'île.

— Cela a parfois des avantages, fit-il avec un sourire. Reprendrez-vous des petits pois?

— Non merci, *senhor*.

Il l'examina attentivement.

— Vous avez pourtant bon appétit d'habitude. Vous inquiétez-vous encore des motifs qui m'ont incité à organiser ce dîner en tête-à-tête?

Elle haussa les épaules :

— Au point où j'en suis!

— Ah non! fit-il en relevant ironiquement un sourcil. Si vous vous soumettez sans combattre, vous privez le jeu de tout son piquant. Encore un peu de vin?

— Non... oui, rectifia-t-elle avec une pointe de défi. Le vin m'aidera peut-être à anéantir ma volonté. J'ai en effet découvert qu'à combattre avec vous on se blesse.

— Etes-vous blessée? Montrez-moi!

Elle éleva son poignet. Les doigts de Dom Duarte avaient laissé des marques sur la peau claire.

— Je ne suis pas en bois, *senhor*, je souffre lorsqu'on me fait mal. C'est injuste de votre part de vouloir vous servir de moi. Je ne suis pas une fille délurée parce que je travaille à des milliers de kilomètres de chez moi, à l'étranger.

— Taisez-vous!

Il émit un petit rire et, se levant, fit le tour de la table. Il prit la main tendue de Rosary et examina son poignet.

— Je suis une brute, n'est-ce pas? Un tyran qui s'amuse à vos dépens? Et vous me haïssez?

— Oui, dit-elle en dégageant sa main comme si le contact des siennes lui était déplaisant.

Elle le désirait pourtant, avec une violence effrayante. Voilant cette ardeur, elle le fusilla du regard. Il lui fallait trouver un moyen de se protéger de lui.

— Lorsque je suis arrivée sur cette île, vous m'avez dit que vous étiez responsable de moi et vous m'avez priée de me conduire comme une Portugaise. J'ai essayé de me plier à vos règles, *senhor*. Ce soir, c'est vous qui vous montrez disposé à les enfreindre.

— Moi, Miss Bell?

Il fixa pendant de longs instants un point droit devant lui, puis il acquiesça en inclinant la tête.

— Détendez-vous, Miss Bell, vous n'avez rien à craindre. Ce soir, le *palacete* est hanté par l'ombre noire du souvenir. Et c'est vrai, j'ai essayé de la chasser en me servant de votre jeunesse et de votre innocence.

Il retourna à sa place et se reversa à boire d'un air songeur. En observant son expression, Rosary comprit soudain pourquoi il avait envoyé Gisela avec des gens de son âge. Il sentait qu'il était d'une humeur particulière en cette fin de journée.

Prise de compassion, elle perdit les faibles défenses qu'elle avait développées contre lui.

— Il ne faut pas avoir de peine, glissa-t-elle.

Il détacha son regard de son verre de vin et le leva vers elle, un regard profond et inquisiteur.

— Il ne s'agit pas de peine. C'est une affaire de remords, comme vous me l'avez très bien fait remarquer. Il y a exactement six ans aujourd'hui que j'ai perdu ma femme et depuis ce matin, je ne cesse de penser à la façon dont elle est morte... elle qui aimait le luxe et les belles choses... les choses qui brillent comme les pierres précieuses et la robe bien lustrée de son cheval. Elle m'a épousé pour avoir tout cela. Et moi, j'étais un jeune homme ébloui par sa beauté.

Il reposa son verre de vin avec violence et pendant

une seconde, Rosary crut voir le jeune Montqueiro portant sur les lèvres le signe de la désillusion.

— Vous êtes allée voir son portrait dans la galerie, n'est-ce pas?

— Oui, *senhor*. Votre femme était d'une beauté hors du commun.

— L'artiste qui l'a peinte était amoureux d'elle comme tous les autres hommes... tous sauf moi qui ai vécu auprès d'elle. Ils ignoraient son manque d'humanité. Dans l'amour, le cœur doit s'ouvrir à un autre cœur. Mais elle, elle gardait le sien précieusement fermé, comme un coffre-fort. L'amour, puis le désir même se sont effacés en moi. Voulez-vous savoir pourquoi nous nous sommes disputés il y a exactement six ans?

— Si vous voulez me le dire, *senhor*.

— Oui, je le veux!

Il bondit sur ses pieds et, dans l'éclairage mystérieux de la lampe, elle le trouva menaçant.

— Venez!

Il se dirigea vers les fenêtres et se tint entre les rideaux de brocart, les mains dans les poches de son veston en velours, sa cravate en soie noire ressortant sur la blancheur de sa chemise. Rosary attendait qu'il parlât. Appuyée contre un fauteuil, elle semblait très jeune et pourtant prête à comprendre.

— Ce matin-là au petit déjeuner, elle m'a demandé de sortir à cheval avec elle. Elle voulait me parler. Je ne nierai pas que j'ai alors repris espoir, mais comme je me trompais! Gisela avait neuf ans déjà, c'était presque une jeune fille. Or Isabela nourrissait un désir maladif de ne pas vieillir. Elle avait l'impression que son enfant lui rappelait son âge et ne voulant plus la voir, elle me demanda de l'envoyer dans un pensionnat au Portugal. Je lui ai alors déclaré très fermement que Gisela resterait avec nous jusqu'à onze ans. Un mot entraîna l'autre et nous nous sommes querellés encore plus violemment que les autres fois... « Sachez, déclarai-je, que j'attends aussi de vous un fils. Je ne me contenterai pas d'une fille. » Dès qu'elle entendit ces paroles, Isabela me frappa avec son fouet et partit au galop en malmenant son pauvre cheval. Elle parvint à le rendre aussi fou qu'elle, et elle mourut encore jeune, encore belle, et en me haïssant.

Le silence tomba sur ces derniers mots et Dom Duarte se tint complètement immobile. Rosary sursauta lorsqu'il bougea enfin pour revenir vers elle. Il s'approcha du fauteuil où elle s'était assise et tendit la main. Après une brève hésitation, Rosary y mit timidement la sienne. Toute force la quitta quand il la serra.

— Pardonnez-moi cette douloureuse confidence, mais maintenant vous me comprenez peut-être mieux?

— Oui, *senhor*.

— Etes-vous choquée?

— Non, je suis triste, fit-elle en secouant la tête.

— Pour Isabela?

Les petites flammes dorées brillaient dans ses yeux, ces flammes d'amour que la froideur d'Isabela avait étouffées. Rosary avait envie de se lever, de presser son visage contre le sien, d'effacer d'un baiser le pli amer de cette bouche.

— Pour vous trois, affirma-t-elle et, sous l'effet de ses émotions, sa main se crispa dans celle de Dom Duarte. Il la considéra puis déposa un baiser au creux de la paume.

— Oui, tout enfant devrait avoir une mère. Accepteriez-vous de jouer du piano pour moi ce soir? Pour chasser les ombres?

— Si vous le voulez, *senhor*.

Elle se mit debout et ramena sa main encore brûlante du contact de ses lèvres vers elle. Ils se rendirent ensemble dans le salon. Il ouvrit le piano à queue, alluma les bougies et éteignit l'électricité.

— *Les Sylphides,* murmura-t-il en contemplant la

chevelure argentée de Rosary dans l'éclairage tremblant. Vous connaissez?

— Bien sûr.

Rosary joua longtemps pour lui et soudain, la sonnerie stridente du téléphone l'interrompit. Dom Duarte s'excusa et alla répondre dans le hall. Lorsqu'il revint, son expression était indéchiffrable.

— Ma tante et Gisela passeront la nuit chez leurs amies. Comme Azinha n'aime pas les trajets en voiture la nuit, j'ai accepté cet arrangement.

— Le changement fera du bien à Gisela.

— Je suis d'accord avec vous.

Il commença à tourner en rond dans la pièce, jouant avec les bibelots.

— Le changement n'a pas été agréable pour vous en revanche, n'est-ce pas? Un dîner avec un homme aux sautes d'humeur imprévisibles! Dites-moi, êtes-vous impatiente de vous rendre à la *festa* samedi prochain?

— Très impatiente. Ce sera ma première occasion d'entendre vraiment de la musique populaire.

— La musique et la danse sont les plus grands bonheurs de la vie, déclara Dom Duarte. Avec l'amour, si on a la chance de le rencontrer. Le jeune homme anglais vous manque-t-il?

Il avait posé cette question d'une manière douce mais Rosary flaira le danger.

— Quel jeune homme? s'écria-t-elle malgré elle.

Puis elle se souvint brusquement de son mensonge à propos d'Erick.

— Oh, reprit-elle, oui, naturellement.

— Comme les Anglais sont discrets dès qu'ils parlent d'amour! observa ironiquement Dom Duarte. Le *Rêve d'amour* de Liszt exprimait beaucoup mieux vos sentiments. Ne pourriez-vous pas inviter votre fiancé pour le week-end? Vous pourriez profiter de la *festa* ensemble.

— Non...

Rosary bondit sur ses pieds.

— Non, il ne peut pas quitter son orchestre! *Senhor*, laissez-moi régler seule mes affaires personnelles, je vous en prie! Je ne m'occupe pas des vôtres!

— Des miennes, Miss Bell?

Il la regardait droit dans les yeux et, à la lumière des bougies, il lui parut encore plus grand et plus impressionnant que d'habitude.

— Oui... avec la *Senhorita* Cortez.

Ne pouvant soudain plus se contrôler après tant d'émotions, elle lança :

— J'espère que j'ai été une bonne remplaçante pour un soir, *senhor?* Par chance, je connais mieux la vie qu'une jeune Portugaise, sinon j'aurais pu être blessée en apprenant que l'amour et le mariage ne réussissent pas toujours. Je suis sûre que vous ne voudriez pas le dire à la femme que vous allez épouser!

Le silence s'abattit sur cette remarque et Rosary mit à profit le moment d'incertitude qui suivit pour s'échapper. Elle courut jusqu'à la double porte et l'ouvrit violemment, avec une sorte de désespoir. Elle s'attendait à sentir le souffle de Dom Duarte sur sa nuque et ce ne fut qu'après avoir atteint l'escalier qu'elle se rendit compte qu'il n'avait pas bougé. Elle lui inspirait trop de mépris pour qu'il prît la peine de se mettre en colère. Elle gravit les marches en traînant les pieds comme une jeune fille revenant d'une soirée où elle ne s'était pas amusée. Elle se sentait très énervée et au bord des larmes. Ses escarpins brillaient sur le sombre escalier et sa robe en mousseline bruissait à chaque mouvement. Arrivée en haut, elle s'arrêta et se tourna dans la direction du couloir qui menait à la galerie de tableaux.

Une impulsion la poussa à aller voir le portrait d'Isabela, la femme qui avait ensorcelé Dom Duarte.

9

Rosary repoussa les tentures de velours qui fermaient l'entrée de la galerie et alluma la lumière. Une fenêtre devait être ouverte car, tandis qu'elle avançait, elle respira un parfum de datura qui montait des jardins.

D'un portrait à l'autre, elle se sentit suivie par les regards des Montqueiro. Elle eut l'impression de troubler le sommeil qui avait envahi les lieux.

L'éclat d'une robe rouge et de deux bras blancs l'attira vers le portrait qu'elle était venue voir. Ayant terminé son travail, Dacio l'avait de nouveau accroché. Les couleurs rénovées conféraient une impression saisissante de vie à Isabela. Sa toilette et ses bijoux brillaient. Son regard semblait défier celui de l'intruse.

Les minutes passèrent et Rosary ne se lassa pas d'étudier la perfection des traits, la longue ligne du cou orné de pierreries, les mains aux doigts étonnamment gras, trahissant l'avidité à l'égard des biens matériels. Isabela était une âme mauvaise dans un beau corps.

Au bout d'un long moment, Rosary éteignit les lampes et se décida à ressortir de la galerie... se jetant sans se méfier dans des bras qui se refermèrent aussitôt autour d'elle.

— Il fallait donc que vous alliez la voir!

Deux yeux étincelants se baissèrent sur Rosary. La jeune fille était trop sidérée pour esquisser le moindre geste ou prononcer une parole.

— Vous cherchiez dans sa beauté la preuve que je suis un monstre, n'est-ce pas?... Eh bien, la voici, la preuve!

Il la pressait sans ménagement contre lui et, comme elle rejetait la tête en arrière pour lui crier bien fort ce qu'elle pensait de sa conduite, il s'empara de ses lèvres.

Sa bouche fut chaude, dure et impérieuse... sa main s'enfouit brutalement dans la soie pâle de la chevelure de Rosary... son bras droit l'immobilisa avec une force impitoyable. Usant d'une sauvagerie délibérée, il l'embrassa jusqu'à ce que dans ses efforts frénétiques pour se libérer, elle lui donnât des coups de pied dans les chevilles.

— Petite tigresse!

Il ne lâcha pas tout de suite ses cheveux et baissa un regard pénétrant sur son visage défait, le visage d'une jeune fille qui faisait pour la première fois l'expérience d'une passion d'homme. Un long silence tomba entre eux et finalement, il la laissa s'écarter en déclarant :

— Demain, j'aurai sans doute de nouveau besoin d'une canne.

— Oh, votre cheville!

Rosary recula pour se mettre à l'abri, mais un vif remords se peignit sur ses traits. Elle revit Dom Duarte dans la voiture renversée au bas du perron.

— Je n'avais pas pensé à votre cheville, murmura-t-elle sur un ton contrit.

Il releva les sourcils d'une manière ironique.

— Moi non plus, j'aurais pourtant dû me douter que je recevrai plutôt des coups de pied que des baisers! *Bom noite,* Miss Bell. Ne prenez pas la peine de fermer la porte de votre chambre à clé. Je ne suis pas Casanova.

Il s'inclina légèrement, non sans manifester un certain amusement pour la façon dont elle s'était débattue, et il tourna les talons. Rosary regarda la haute silhouette s'éloigner. Elle connaissait à présent sa violence. Elle se demanda comment se manifestait sa tendresse.

Elle était folle... folle de l'aimer... et folle de le haïr en même temps.

Elle alla se réfugier dans sa chambre et de son balcon, elle aspira à pleins poumons l'air parfumé de la nuit. Elle était comme grisée. Ses lèvres ne parvenaient pas à oublier le contact de celles de Dom Duarte.

Elle songea à son grand-père. Que lui aurait-il conseillé de faire, s'il avait été là? Elle pressa sa joue contre la pierre froide. Elle aurait voulu redevenir une enfant et se laisser guider par la sagesse de Courland. Devait-elle rentrer chez elle... immédiatement... ou la semaine prochaine à la fin de sa période d'essai... avant de ne plus pouvoir supporter de voir Dom Duarte en sachant que chaque jour le rapprochait de son mariage avec Lola? Lorsqu'elle avait fait allusion aux fiançailles, il n'avait pas nié. Et il l'avait embrassée sous l'effet de la colère, et non du désir.

Quand annoncerait-il officiellement son remariage? A la *festa?*

Rosary s'était réjouie à la perspective de cette fête. A présent, elle la redoutait. Savait-elle suffisamment bien jouer la comédie pour sourire quand Dom Duarte rendrait ses fiançailles publiques? Lola était si ravissante, si conforme aux coutumes portugaises, si prête à être une épouse idéale pour lui! Abattue, Rosary rentra dans sa chambre, ôta sa jolie robe de mousseline, ses escarpins brillants et ses boucles d'oreilles. Tandis qu'elle se préparait à se coucher, elle semblait plus jeune que jamais et pourtant tellement adulte en même temps.

Qu'aurait-elle fait si elle avait possédé plus d'expérience? Aurait-elle défié Dom Duarte, ou se serait-elle abandonnée à ses baisers? Comme cette pensée lui rappelait les sensations dévastatrices qu'elle avait éprouvées entre ses bras, elle se prit le visage dans ses mains. Elle s'efforça de repousser cet assaut d'émotions. Dom

Duarte ne l'avait embrassée que pour la punir et il avait sans doute déjà oublié cet épisode, ces instants d'égarement sur le seuil de la galerie.

Pour Rosary, cela avait été une découverte. Elle s'était débattue pour se libérer de son désir croissant des lèvres, des bras, du corps merveilleux de Dom Duarte. Elle éteignit la lumière, plongeant la chambre dans l'obscurité, mais elle voyait toujours le beau visage aux traits virils. Une langueur qu'elle n'avait encore jamais éprouvée l'envahit. Ele ressentait un douloureux besoin d'être désirée par Dom Duarte. Elle resta longtemps allongée, les yeux grands ouverts, avant de s'endormir.

Au matin, elle avait un peu retrouvé son équilibre. Elle fut toutefois heureuse de constater en descendant pour le petit déjeuner que Dom Duarte avait déjà gagné son bureau. Elle prit son repas seule à la table du patio. Tandis qu'elle buvait une seconde tasse de café, Dacio arriva. Il la considéra d'un air interrogateur.

— Seule? Et un peu triste?

— Si vous prenez du café avec moi, je ne serai plus seule! répliqua-t-elle sur un ton enjoué.

Il s'installa sur l'un des murs bas qui entouraient le patio et Rosary sonna. Manoel apporta une autre tasse et, après l'avoir remplie, Rosary la tendit à Dacio avec un sourire.

— Si le temps ne change pas, la *festa* sera une réussite, dit-elle. Il paraît que des gens viennent de tout le Portugal pour y assister. Pour moi, ce sera très intéressant. Pour la première fois, je verrai les gens de l'île porter leurs costumes traditionnels.

— Ce sera aussi une journée importante pour Lola, fit Dacio en épiant l'expression de Rosary.

Elle était très pâle ce matin et des cernes soulignaient ses yeux. Au prix d'un immense effort, elle parvint à dissimuler ses émotions.

— J'ai vu votre sœur hier et elle m'a annoncé qu'elle ne serait bientôt plus à votre charge.

— En effet, elle a atteint son but. Lola a toujours voulu se marier avec un homme capable de lui offrir tout ce qu'il y a de plus beau dans la vie.

Il cueillit une petite fleur et la porta à ses lèvres puis, sans façon, il la jeta à Rosary. Elle tomba sur la table et la jeune fille ne daigna pas la ramasser. Si elle l'avait prise, elle l'aurait rageusement froissée entre ses doigts. Non, ce n'était pas possible! Dom Duarte n'allait pas épouser pour la seconde fois une femme avide de luxe et de richesse! Elle songea à sa visite de la veille à la villa. Lola avait insisté sur la petitesse des lieux et sur son impatience à vivre dans une demeure plus vaste.

— Vous ne voulez pas de la fleur? lança-t-il. Vous n'êtes pourtant pas comme ma sœur qui n'apprécie que les toilettes et les bijoux?

Elle secoua la tête.

— Non, ne plaisantez pas, Dacio, je suis sûre que Lola est très amoureuse de... lui.

Il émit un petit rire énigmatique.

— Vous placez aussi l'amour au-dessus des rubis, n'est-ce pas?

— Il n'y a pas d'autre vrai bonheur sur terre.

— Pourriez-vous m'aimer? demanda-t-il d'une façon presque négligente.

— Il ne faut pas parler d'amour à la légère, fit-elle d'une voix un peu tremblante. Je sais que lorsque Lola se mariera, vous n'aurez plus de femme pour tenir votre foyer. Ce n'est pas une raison pour vous précipiter afin de la remplacer.

Piqué par ces paroles, Dacio bondit sur ses pieds et rejoignit Rosary en une enjambée. Il s'empara de ses poignets où un autre homme avait laissé sa marque et l'obligea à se lever aussi. Il la secoua et ensuite, il se pencha sur elle pour l'embrasser par surprise.

— *Bom dia,* fit une voix glaciale derrière eux. J'allais en ville et je voulais savoir si Miss Bell a des courses à faire. Ma tante vient de me téléphoner pour m'avertir que Gisela part en pique-nique aujourd'hui. Vous disposez donc d'une journée de congé, Miss Bell.

Rosary se trouvait dans un état indescriptible. Elle s'écarta vivement de Dacio. Son baiser n'aurait absolument rien signifié pour elle, si Dom Duarte ne les avait pas surpris. Elle se sentait atrocement humiliée. Comment la jugeait-il? Dire qu'elle s'était attaquée à sa cheville blessée pour échapper à ses baisers à lui! Et là, il venait de la voir sans réaction entre les bras de Dacio.

Ne sachant que faire, elle accepta poliment son offre de se rendre en ville.

— Je vais chercher mon sac à main, *senhor*.

— Prenez votre temps, Miss Bell. Je ne pars pas tout de suite.

Son visage était une fois de plus un masque indéchiffrable, avec tout juste une ombre de mépris sur les lèvres qui avaient été si proches des siennes la veille. Il portait un complet blanc et une chemise beige, et elle le trouva... Non, elle ne devait pas le trouver superbe! Il appartenait à une autre femme et pourtant c'était elle, Rosary, qui l'aimait à la folie. A la folie! Elle l'aurait aimé tout autant si, au lieu d'être le gouverneur de l'île, il avait été un simple pêcheur.

Pendant qu'il l'emmenait dans sa nouvelle voiture, il lui parla d'une manière impersonnelle. Il la déposa Avenida Rey sans lui proposer de la retrouver pour le déjeuner. Il lui donna simplement rendez-vous à trois heures pour retourner au palais.

— Vous ne vous ennuierez pas jusque-là, n'est-ce pas?

— Non, *senhor*. J'ai l'intention de m'acheter une robe pour la *festa*.

— N'oubliez pas de déjeuner, fit-il sèchement. Je serai malheureusement pris, mais vous n'êtes pas de celles qui ont besoin d'être accompagnées par un homme pour entrer dans un restaurant.

— Non, *senhor*.

Pour la première fois de la journée, elle se risqua à le regarder dans les yeux. Il ne lui laissa rien deviner de ses pensées.

— Je me débrouillerai, fit-elle.

Il étudia sa chevelure blonde, sa robe sans manches courte et décolletée et déclara :

— Je préférerais que vous n'alliez pas dans un lieu fréquenté par les pêcheurs.

— Craignez-vous que je permette des familiarités à l'un d'entre eux? répliqua-t-elle dans un mouvement d'humeur.

Elle ne pouvait tolérer ce regard qui semblait tout critiquer en elle.

— Je vous ai déjà prévenue, affirma-t-il d'une voix cinglante. Il ne faut pas jouer avec les Portugais. Du feu coule dans leurs veines. Votre mépris des conventions risque d'allumer en eux des passions incontrôlables.

Et soudain, il la prit par la taille et la poussa dans le premier magasin de l'avenue.

— Je désire un manteau pour cette demoiselle, quelque chose de léger.

Rosary était trop stupéfaite pour prononcer une parole. Dom Duarte s'intéressa à un vêtement gris argenté doté d'un col haut et de manches longues.

— Essayez-le, lui ordonna-t-il.

Les lèvres pincées, elle obéit. Elle pria pour qu'il ne lui allât pas mais il lui seyait parfaitement. Il s'agissait d'un magnifique manteau coûteux.

— Mettez-le sur mon compte, décida Dom Duarte et il ajouta, s'adressant à la vendeuse : Je voudrais aussi...

— Non!

Le fusillant du regard, Rosary le contraignit à se taire. Non, il ne lui achèterait pas aussi sa robe. Il lui était déjà bien assez difficile d'accepter le manteau, mais au moins y avait-il un bon prétexte. Dom Duarte voulait cacher les bras et le cou du professeur de sa fille. Il inclina la tête en signe d'assentiment.

— Très bien. Promettez-moi en tout cas de mettre ce manteau quand vous quitterez le magasin.

— Si vous insistez.

Elle parvint à émettre un petit rire forcé.

— Comme les Portugais ont le sens des convenances... en public! railla-t-elle.

Il comprit aussitôt l'insinuation et une lueur de colère apparut dans ses yeux. Rosary soutint son regard, le défiant de s'emporter, là, devant tout le monde. La vendeuse et les autres clients ne se doutèrent pas de la violence qu'il se fit pour parvenir à se contrôler. Il s'inclina rapidement et sortit en faisant claquer les portes derrière lui.

Un silence suivit son départ, puis les gens se mirent à parler à voix basse. Ils discutaient sûrement au sujet de Rosary. Sentant qu'ils l'examinaient avec curiosité, la jeune fille faillit sortir à son tour après avoir déclaré :

— Le *senhor* a eu la gentillesse de m'acheter un manteau pour mon anniversaire. Il est très généreux pour ses employés.

— Très, *senhorita,* répondit la vendeuse, l'apaisant un peu. Il est ferme mais jamais tyrannique.

— Non, jamais, accorda-t-elle avec un sourire et, un peu plus calme elle ajouta : maintenant, je voudrais me faire moi-même un plaisir. Il me faudrait une robe du soir.

Elle se décida finalement pour un modèle très simple mais élégant, en soie blanche et vert pâle, avec une jupe ample qui balayait le sol en lui donnant un sentiment d'assurance dont elle avait grand besoin.

Dacio lui avait dit que la *festa* serait un événement très important dans la vie de Lola. Cela signifiait sans aucun doute que ses fiançailles y seraient annoncées. Pour supporter cette épreuve, Rosary avait besoin de tous les encouragements, y compris celui d'une belle robe. Un sourire radieux serait son bouclier, et un habit de soie son armure.

Peu avant trois heures, elle pénétra de nouveau dans le magasin pour chercher sa robe à laquelle il avait fallu apporter quelques retouches. Une ouvrière était en train de faire l'ourlet d'une magnifique toilette en satin blanc. Pendant qu'elle était partie chercher son paquet, Rosary admira les longues manches étroites aux poignets transparents, le col haut, la souple jupe munie d'une traîne. Il s'agissait d'une splendide robe de mariée.

Lorsque la jeune fille revint avec le carton et se remit au travail, Rosary lui demanda le plus naturellement du monde pour qui elle cousait ce magnifique vêtement.

— Cette robe a été spécialement dessinée pour le mariage de la *Senhorita* Cortez.

Trop saisie pour ressentir une quelconque douleur, Rosary quitta le magasin et longea l'avenue sans se soucier de la chaleur. En arrivant devant le bâtiment que Dom Duarte avait choisi comme lieu de rendez-vous, elle arbora un large sourire. Elle était bien décidée à cacher ses émotions et à avoir l'air ravie des heures qu'elle venait de passer en ville.

Elle repéra immédiatement la voiture beige et déclara :

— Je... j'espère que je ne vous ai pas fait trop attendre. J'ai dû retourner chercher ma robe dans le magasin.

— Ah oui, la robe surprise pour la *festa!*

Avec un sourire, Dom Duarte prit le paquet et le posa sur le siège arrière.

— Avez-vous bien déjeuné?

— Très bien, *senhor*. J'ai mangé à la *quinta* au milieu d'un ravissant jardin.

— Ne vous y êtes-vous pas sentie seule? C'est l'endroit où se rencontrent les couples d'amoureux, ne l'avez-vous pas remarqué?

— Si, bien sûr, fit-elle avec un petit rire. Je suppose que vous y êtes allé vous-même, *senhor?*

— Pourquoi donc? s'enquit-il sur un ton ironique.

Elle feignit de n'avoir pas entendu et s'appliqua à

s'asseoir auprès de lui sans froisser son beau manteau.

— Il fait bien chaud, *senhor*.

— Vous êtes un peu rouge, remarqua-t-il. Avez-vous marché sous le soleil?

Sans prévenir, il posa sa main sur le front de Rosary. Electrisée par ce contact, elle s'écarta précipitamment.

— Je vais très bien! lança-t-elle d'une voix rendue aigue par l'émotion. Inutile de me traiter comme une enfant irresponsable! Vous m'avez acheté un manteau et vous avez insisté pour que je le porte, comme si mes bras nus offensaient votre vue. Si je vous gêne tellement, Dom Duarte, je crois que je devrais partir la semaine prochaine. Ma période d'essai se termine et apparemment, je ne vous ai pas convaincu de mes qualités. Je... je ne peux pas rester dans ces conditions, je souhaite rentrer chez moi.

La voix lui manqua et elle s'en tint là, avant de s'effondrer en pleurs au souvenir de l'éblouissante robe blanche que Lola allait revêtir.

— Vous n'auriez jamais dû quitter ce jeune homme anglais, déclara Dom Duarte entre ses dents, une lueur inquiétante dans le regard. Vous ne songez qu'à voler le retrouver... Non, ne niez pas! En déjeunant à la *quinta*, vous avez vu tous ces couples qui se tiennent par la main et maintenant, vous ne rêvez plus qu'à rejoindre celui que vous aimez. Eh bien, allez-y!

Sur ces derniers mots prononcés avec violence, il démarra, se dirigeant vers les hauteurs qui dominaient la mer.

Elle scintillait à travers une brume de chaleur... et à travers les larmes qui obscurcissaient le regard de Rosary. Elle aurait voulu effacer le mensonge qu'elle avait fait à Dom Duarte. Mais en lui disant la vérité à présent, elle risquait de trahir ce qu'elle éprouvait pour lui. Il ne fallait pas y songer. Rien ne lui serait plus intolérable que sa pitié.

— Vous restez quand même pour la *festa*, n'est-ce

pas? lança-t-il brutalement après plusieurs minutes de silence et il ralentit soudain. Ce sera un beau souvenir à emporter chez vous. On ne peut pas imaginer plus bel adieu à ma blonde esclave.

— Votre quoi? s'exclama-t-elle en se tournant vers lui, stupéfaite.

— C'est Gisela qui a trouvé cette expression. La nuit où elle a eu son cauchemar, j'étais en colère contre vous parce que vous n'étiez pas là et elle m'a dit que vous n'étiez pas mon « esclave blonde ». Vos idées d'indépendance ont déteint sur ma fille!

— Il vaut alors d'autant mieux que je parte, *senhor*. Que feriez-vous d'une rebelle lorsque viendra pour vous le moment de choisir un mari pour Gisela? Ces mariages arrangés sont peut-être bons à certains points de vue mais pas toujours pour le cœur, je suppose?

— Vous n'êtes parmi nous que depuis quelques semaines et vous vous permettez de juger nos usages, répliqua-t-il sur un ton menaçant.

— Est-ce que ces unions qui n'ont pas été décidées par le cœur réussissent toujours, *senhor?*

— Le cœur aussi peut se tromper.

Dom Duarte avait riposté avec une soudaine violence et la vitesse de la voiture remonta aussitôt. Rosary dut s'agripper à la poignée de la portière et elle fut assaillie par de terribles visions d'accident.

— J'aimerais bien revenir entière chez mon grand-père! s'écria-t-elle. Vraiment, il devrait y avoir une loi pour empêcher les gens emportés de conduire!

Au moment où elle parlait, les portes du *palacete* se profilèrent au loin et le compteur marqua une vitesse plus normale, à son grand soulagement. D'une voix menaçante, Dom Duarte annonça alors :

— Miss Bell, durant le reste de votre séjour à Vozes do Mar, je vous prie de ne plus jamais vous retrouver sur mon chemin, sinon je ne réponds pas de mes actes.

Il s'arrêta devant le perron et ajouta sèchement :

— Descendez, s'il vous plaît! Je ne rentre pas encore!

Elle ouvrit la portière et ne put s'empêcher de lancer d'une manière un peu provocante :

— Merci de m'avoir ramenée!

Elle gravit rapidement les marches sans prendre le temps de récupérer sa robe sur le siège arrière. Il la lui ferait porter plus tard par une servante. Elle entendit le véhicule s'éloigner et s'engager dans la petite allée qui menait à la villa des Cortez. Rosary s'efforça de n'éprouver ni douleur ni jalousie, mais une affreuse pensée la tourmentait. Elle ne tenait aucune place dans la vie de Dom Duarte. Il l'en avait définitivement chassée quelques instants plus tôt par ces mots : « Je vous prie de ne plus jamais vous retrouver sur mon chemin. »

L'irritation que Rosary lui causait depuis le début s'était transformée en franche aversion et, pour se changer les idées, il se rendait chez Lola. En ce moment même, il prenait peut-être la jeune Portugaise dans ses bras, il se laissait apaiser par le doux murmure de sa voix. Comme tous les hommes, il désirait être flatté. Il ne supportait pas d'entendre la vérité, surtout de la part d'une employée anglaise.

Très lasse, Rosary ôta ses chaussures et, s'enfonçant dans l'épaisse moquette, elle marcha jusqu'à son lit. Elle resta allongée, les yeux fixés sur le plafond, brûlants de larmes contenues. Le tic-tac du réveil tout près d'elle marquait le temps, ce temps qui la rapprochait du moment de quitter le *palacete*, quitter l'île et retourner chez elle. Comme les vertes collines anglaises lui paraîtraient étranges après les plages de sable fin et les terrasses ensoleillées de Vozes do Mar! Comme il lui serait dur de se lever chaque matin pour vivre des journées où elle n'apercevrait pas l'homme grand, distingué, vêtu de costumes impeccables qu'elle avait appris à tant aimer!

Elle contempla le ventilateur qui tournait en projetant

des ombres comparables au mouvement des pattes d'un insecte géant. Cette rotation monotone l'aida à s'endormir... et elle se réveilla plusieurs heures plus tard dans le noir. Au moment où elle se redressait sur son lit, la lumière fut allumée et Gisela pénétra dans la chambre. Elle mourait d'impatience de parler à Rosary de ses nouvelles amies et de son pique-nique, et elle lui tendit le carton contenant sa robe.

— Vivement le jour de la *festa!* lança-t-elle, les yeux brillants. Je porterai le costume traditionnel qui a appartenu à ma mère lorsqu'elle avait mon âge. Il y aura beaucoup de monde, ce sera fantastique! Vous vous y plairez, Rosary!

— Oui, sûrement...

En lui répondant, Rosary songea soudain que son élève ignorait encore tout du remariage de son père. Elle ne se doutait pas de la nouvelle qu'elle allait apprendre durant la *festa!* Quel choc pour la pauvre enfant! Dom Duarte avait sans doute estimé qu'il valait mieux la mettre au courant dans ces conditions. L'excitation et la gaieté qui règneraient autour d'elle l'aideraient à surmonter ses sentiments.

— Puis-je ouvrir le carton? s'enquit Gisela en tirant déjà fiévreusement sur le nœud qui l'entourait.

Quand elle découvrit la robe de Rosary, une exclamation admirative lui échappa.

— Vous serez splendide dans cette robe, Rosary! Votre chevelure blonde et votre peau claire éclipseront toutes les autres jeunes filles. Tous les hommes vous feront la cour.

Rosary rit malgré elle.

— Je n'éclipserai sûrement pas Lola. Avec ses épais cheveux brillants et ses grands yeux de velours, elle est ravissante.

— Elle ressemble à toutes les Portugaises... sauf à ma mère qui était d'une beauté exceptionnelle.

Gisela releva fièrement la tête et ajouta :

— J'ai entendu ma grand-tante parler avec son amie. Lola est fiancée, je ne sais pas à qui. Tout le monde sait depuis longtemps qu'elle est très ambitieuse. J'ai eu très peur qu'elle n'arrive à séduire mon père. Elle s'est montrée si coquette avec lui.

Rosary se mordit les lèvres.

— Gisela... Vous aimez bien Lola, n'est-ce pas?

— Pas particulièrement, répondit l'adolescente en caressant la soie de la robe de Rosary. Je préfère de loin Dacio. Il est beaucoup plus franc... comme vous, Rosary. Lola sourit toujours mais on ne sait pas ce qu'elle pense.

Gisela avait vu juste et cela ne simplifiait pas le problème. Comment l'enfant allait-elle réagir en découvrant que le fiancé de Lola était bien, comme elle l'avait craint, son père? Rosary devait-elle prévenir Dom Duarte des sentiments de sa fille à l'égard de Lola? Comment pouvait-elle l'aborder sur un sujet aussi personnel? Il lui avait ordonné de ne plus jamais se retrouver sur son chemin. Rosary devait lui obéir en priant pour que Gisela ne fût pas trop bouleversée par la nouvelle du mariage de son père avec Lola.

— Vivement le jour de la *festa!* répéta l'enfant avec enthousiasme en dansant sur la moquette de la chambre de Rosary.

10

La propriété de la famille Rhonda était envahie de monde. Le clair de lune se reflétait dans les regards rieurs et les senteurs de vin se mêlaient à celles des fleurs. Des musiciens en costumes bariolés passaient parmi les invités, faisant vibrer l'atmosphère des accords de leurs guitares. Des lampes colorées brillaient dans les arbres. La plupart des femmes avaient revêtu leur costume traditionnel, une ample jupe de couleur vive, accompagnée d'un corsage à manches longues, au buste de dentelle. Rosary se crut transportée des siècles en arrière, surtout lorsqu'elle vit arriver les vignerons en habits de fête.

La veille, Dacio lui avait demandé la permission d'être son cavalier et elle avait accepté avec un empressement sur lequel il s'était mépris. Il la couvait d'un regard trop lumineux tandis qu'ils traversaient ensemble la pelouse pour aller voir les danseurs de fandango. Ils burent du *vinho tinto*, et mangèrent des fruits et du fromage offerts à profusion sur d'immenses tables.

Dacio lui souriait. Il était éblouissant dans son costume en velours noir qui lui donnait l'air d'un matador. L'intuition commanda à Rosary de l'avertir maintenant qu'elle quittait Vozes do Mar.

Lorsqu'il eut appris la nouvelle, il garda un sombre

silence et, subitement, il entraîna Rosary vers les arbres, loin de la foule. Elle eut le temps d'apercevoir une haute silhouette vêtue d'un complet foncé auprès de la *Marquesa* et de Lola. Elle vit aussi Gisela avec ses deux nouvelles amies et elle jugea de son devoir de la rejoindre. Incessamment, Dom Duarte allait annoncer ses fiançailles.

— Laissez-moi, Dacio.

Elle essaya de s'échapper, mais il la retint et se pencha sur elle.

— Vous ne quitterez pas cette île, murmura-t-il. Il vous faut un mari portugais, *amanta mia,* un homme qui sache allier l'or de sa passion à l'argent de vos cheveux, un...

— Je vous en prie...

Elle tenta de se dégager.

— Ne me gâchez pas cette fête, Dacio. Je n'en verrai pas d'autre.

— Vous en verrez encore mille si...

— Non!

Elle parvint enfin à se libérer et, dans la violence de son mouvement, son écharpe en soie glissa de ses épaules pour tomber aux pieds de Dacio, le si séduisant Dacio qui n'était cependant rien pour elle.

Celui qu'elle aimait, elle l'avait soigneusement évité pendant deux longues journées. Depuis leur dernière conversation, elle ne s'était plus retrouvée seule avec lui. Tandis qu'elle cherchait Gisela dans la foule, un jeune homme entama une chanson populaire du Portugal, une chanson à la fois triste et passionnée, qui attira l'attention générale sur lui.

Les larmes aux yeux, Rosary la ressentit comme un chant d'adieu. Elle y trouvera un écho de sa terrible nostalgie. Ah, si elle avait pu se dissoudre dans les applaudissements qui en saluèrent la fin! Le jeune homme les reçut en souriant puis, d'un bond gracieux, il rejoignit sa fiancée. D'un geste théâtral, celle-ci prit le camélia qu'elle portait dans les cheveux pour le lui mettre dans la boutonnière.

Reprenant sa recherche, Rosary aperçut Gisela près de l'un des feux de bois. Elle tenait une assiette à la main et riait en compagnie d'autres jeunes gens. Comme elle semblait insouciante! Elle allait apprendre qu'elle aurait une belle-mère le jour où elle portait le costume traditionnel de sa mère. Etait-ce le destin qui le voulait ainsi? Cette pensée poussa Rosary vers elle.

— Vous êtes là, Gisela! Vous vous amusez bien à ce que je vois.

— Oui... Et regardez mon père. Comme il est beau! Je suis sûre que si la *Marquesa* était plus jeune, elle essayerait de lui plaire. Tenez! Il l'accompagne jusqu'à l'estrade. Elle va faire son discours annuel au micro.

Rosary posa un regard apitoyé sur le visage pour l'instant radieux de Gisela. Aurait-elle dû rester par amour pour cette enfant? Il n'en était pas question puisque de toute façon, Dom Duarte n'avait même pas tenté de la dissuader de partir. Il lui avait plutôt fait comprendre que sa présence lui devenait insupportable.

Frêle mais superbe, vêtue d'une magnifique robe prune et d'une étole de vison beige, ses yeux brillants d'une manière espiègle, la *Marquesa* parla pendant plusieurs minutes de la *festa* et de sa joie à voir réunis ses nombreux amis.

Une salve d'applaudissements salua la fin de son discours. Elle se tourna alors vers Dom Duarte en annonçant qu'il allait prendre la parole à son tour. Rosary crut que son cœur s'arrêtait de battre.

Elle prit la main de Gisela entre les siennes. Celle-ci lui jeta un regard interrogateur, puis elle considéra son père qui venait de se placer devant le micro caché dans un bouquet de bougainvillées. Il resta un instant immobile, grand, dominant la foule, légèrement souriant.

— Nous fêtons les vendanges aujourd'hui, commença-t-il. Or le vin est l'allié de l'amour.

Il pivota vers Lola Cortez, et le sang de Rosary se figea dans ses veines. Charmante dans sa robe de brocart doré, une mantille en dentelle couvrant sa superbe chevelure, Lola lui rendit son regard avec intensité. Ensuite, elle sourit et affronta les visages tournés vers elle avec une sorte d'arrogance. La main de Rosary se crispa sur celle de Gisela. Elle avait déjà vu l'expression de Lola quelque part... oui, sur le visage d'Isabela, la femme qui s'aimait tellement qu'elle n'avait pas d'amour à donner à un homme.

— Vous connaissez tous Lola Cortez, poursuivit Dom Duarte. Cette belle jeune femme vit parmi nous depuis plusieurs années déjà et honore notre île de sa gracieuse présence. Ce soir, à l'occasion de cette fête, en tant qu'ami de Lola Cortez et gouverneur de Vozes do Mar, j'ai le plaisir de vous annoncer que d'ici quelques jours elle va devenir la femme de...

Il observa une pause, puis son regard se porta sur un homme à la noble prestance et aux tempes argentées qui se tenait près de la *Marquesa*.

— ... Mateo de Randolfo, compléta-t-il, le président de la Banque nationale de Lisbonne.

De nouveaux applaudissements éclatèrent et chacun but au bonheur des futurs mariés.

— Alors c'est lui! s'exclama Gisela. Je reconnais qu'il a l'air riche, mais il n'est plus très jeune, n'est-ce pas?

Ahurie, Rosary avait perdu l'usage de la parole.

— Vous êtes toute pâle, note Gisela, soudain inquiète. Vous sentez-vous mal?

— N-non... Je suis un peu étourdie par le bruit. Je vais me promener parmi les arbres. Quelques minutes de tranquillité me feront du bien. Je vous laisse avec vos amis.

— Ne voulez-vous pas que je vous accompagne? s'enquit Gisela en lui reprenant la main. Vous êtes glacée. Prenez du vin... Je vais vous en chercher un verre.

— Bon... D'accord.

Gisela disparut dans l'assistance gaie et bavarde. Lorsqu'elle ne la vit plus, obéissant à une brusque impulsion plus forte que tout, Rosary s'enfuit. Elle courut chercher refuge au milieu des arbres. Elle n'était pas encore remise du choc éprouvé en voyant Dom Duarte désigner pour mari de Lola le majestueux visiteur venu du Portugal. Elle savait que Lola aurait préféré épouser le séduisant gouverneur de Vozes do Mar. Elle n'avait accepté l'autre homme que par dépit. Elle ne pourrait pas se vanter d'être la femme d'un duc, mais du moins, elle avait obtenu la fortune.

A bout de souffle, Rosary dut s'arrêter et s'appuyer contre un arbre. Sans un rayon de lune perçant à travers le feuillage, elle se serait trouvée dans une obscurité totale. Elle s'était préparée à partir en songeant que Dom Duarte allait se marier... et maintenant, elle était complètement désarmée car il n'épousait personne. Cela ne changeait cependant rien au problème. Elle n'avait pas pu supporter la perspective de le voir uni à une autre. Elle ne supporterait pas plus de rester sans être aimée de lui.

Elle cueillit une fleur et en respira le parfum en écoutant au loin le bruit des chants et des danses.

Autour d'elle, tout était tranquille. Il lui fallait pourtant repartir sinon Gisela allait se demander où elle avait disparu. Une étrange lassitude la clouait sur place. Ici, elle n'avait pas besoin de sourire ni de feindre la gaieté. Elle n'avait pas besoin de prétendre qu'elle repartait pour l'Angleterre, le cœur léger.

Elle soupira... et se raidit soudain en entendant bouger dans les broussailles. Quelques secondes plus tard, une haute silhouette d'homme se détachait dans le clair de lune.

— C'est ici que vous vous cachez!

La voix était grave, avec une pointe d'inquiétude.

— Gisela se fait du souci pour vous.

— Je... je vais très bien, répliqua-t-elle sur un ton plein de méfiance. Dois-je rendre des comptes pour chacune de mes actions? Ne m'avez-vous pas priée de ne plus jamais me retrouver sur votre chemin?

— Oui, je l'ai dit... dans votre intérêt.

Il fit quelques pas vers elle, révélant un visage tourmenté.

— Ne vous amusez-vous pas ici? Je vous ai vue il y a un moment avec le frère de Lola. Vous parliez, vous lui souriiez. Est-il à présent avec une autre femme?

— Peut-être, admit-elle.

Pas un seul instant elle n'avait pris au sérieux la déclaration d'amour de Dacio.

— Les Portugais vont avec les Portugaises. Moi je suis l'étrangère. Vous serez bientôt débarrassé de moi, *senhor*.

— Oui, et c'est mieux ainsi, lança-t-il avec une étrange véhémence.

— Beaucoup mieux, confirma-t-elle. Gisela est jeune, elle m'oubliera vite. Quant à moi, je me rappellerai toujours avec plaisir qu'elle a apprécié ma présence.

Sur ces mots, Rosary esquissa un mouvement pour partir et sa chevelure se prit dans le bas feuillage de l'arbre. Dom Duarte s'approcha pour l'aider à se libérer et elle ne sut jamais par quel hasard elle se trouva soudain dans ses bras. Ils se refermèrent autour d'elle avec force et une inexplicable tendresse.

— Gisela m'a raconté que vous avez failli vous évanouir lorsque j'ai annoncé le mariage de Lola avec Mateo. Dites-moi...

Il lui prit le menton et l'obligea à le regarder.

— ... avez-vous cru qu'elle allait se marier avec moi? Allons, soyez franche, comme à votre habitude! Vous n'avez encore jamais reculé devant la vérité.

— Je... j'y ai pensé... avoua-t-elle d'une voix tremblante. Elle venait si souvent au *palacete* que cela me semblait... logique.

— Il n'y a rien de plus illogique, objecta vigoureusement Dom Duarte. Vous savez pourtant combien j'ai souffert avec Isabela. Vous êtes-vous vraiment imaginé que j'allais... Non, Lola n'a jamais été que la jolie sœur de l'homme que j'emploie pour restaurer mes tableaux. C'est une Portugaise très versée dans l'art de séduire un homme, comme Isabela. Mais j'étais jeune alors, et ma connaissance des femmes n'allait pas bien loin. Quel dommage que je ne vous aie pas rencontrée à ce moment-là! Ah, mais si je vous avais vue il y a seize ans, vous n'auriez été qu'une petite fille!

— Pourquoi... balbutia avec peine Rosary, pourquoi auriez-vous voulu me voir, *senhor?*

— Parce que je n'aurais pas gâché ma jeunesse dans une union sans bonheur... Et maintenant, les années ont passé. La jeunesse a besoin de la jeunesse. Je vous renvoie en Angleterre retrouver le jeune homme que vous aimez.

— Il... il n'y a pas de jeune homme, murmura-t-elle. Il n'y en a jamais eu...

— Mais vous m'avez dit...!

Dom Duarte plongea son regard dans celui de Rosary qui brillait au clair de lune, un regard troublé, interrogateur, qui n'osait pas encore trahir ses sentiments.

— Pourquoi m'avez-vous menti, vous qui êtes toujours tellement honnête?

— Je n'avais pas d'autre moyen de me protéger...

— Contre moi? lança-t-il.

— Contre ce que je ressens pour vous.

— Et que ressentez-vous?

Il avait resserré son étreinte et une expression de vulnérabilité avait envahi son visage jusque-là indéchiffrable. Le masque s'effaçait, laissant Rosary découvrir l'homme solitaire qu'était au fond l'impérieux gouverneur de Vozes do Mar.

Rosary retrouva instantanément son courage, son audace, son goût de l'aventure.

— De l'amour, déclara-t-elle sans ambages.

Dans le silence qui suivit, le feuillage bruissait doucement comme s'il réagissait à ce mot magique.

— De l'amour? répéta-t-il. Pour moi?

— Oui.

Elle resta immobile, attendant d'être chassée de ses bras.

— Je... je n'ai pas cessé de vous aimer simplement parce que vous m'avez interdit de me mettre en travers de votre chemin. J'ai souffert mais...

— Assez! fit-il sur un ton rauque d'émotion.

Avec une tendresse violente, il chercha ses lèvres. Bouleversée, Rosary noua sans même le vouloir ses bras autour de son cou et enfonça ses doigts dans l'épaisse chevelure noire. Hélas, Dom Duarte ne faisait que remédier à sa solitude le temps d'un baiser.

Et, lorsque ce baiser prit fin, avec un soupir de plaisir et de chagrin à la fois, Rosary pressa son visage contre l'épaule de Dom Duarte. Elle ne voulait plus quitter ces bras forts, mais il le fallait. Elle se promit de retenir ses larmes jusqu'au moment où elle serait seule.

— J'étais contraint de vous demander de rester loin de moi, *amor sinha*. Je ne pouvais plus supporter que vous soyez près de moi sans être à moi. Je ne pouvais plus vous voir sans vous aimer. Vous n'étiez plus pour moi le professeur de ma fille... vous qui avez presque son âge. Ma blonde esclave, j'avais le sentiment d'être un séducteur chaque fois que j'étais seul avec vous.

— Et moi, j'avais l'impression d'être votre esclave chaque fois que vous posiez les yeux sur moi.

— Je crois que vous n'appréciez guère ce genre d'impressions, déclara-t-il sur un ton hésitant.

— En vérité, fit-elle en levant sur lui un regard illuminé de bonheur, c'est l'impression la plus exaltante que j'aie jamais ressenti.

— Vous êtes si jeune, chuchota-t-il en caressant ses cheveux. C'est injuste de... Mais d'un autre côté, ce serait inhumain de vous renvoyer en Angleterre, n'est-ce pas, ma blonde esclave?

— Ce serait l'enfer!

— Préférez-vous rester?

— Oui, ce serait le paradis.

— Alors entrons tous les deux au paradis!

LE SCORPION

(23 octobre-21 novembre)

Signe d'Eau dominé par Pluton : Initiative.

Pierre : Obsidienne.
Métal : Fer.
Mot clé : Création.
Caractéristique : Courage.

Qualités : Puissance, et conscience de la puissance. Charme irrésistible. Les dames du Scorpion sont des ensorceleuses. Elle font fondre les cœurs.

Il lui dira : « Je vous aime, et c'est pour la vie. »

LE SCORPION

(23 octobre-21 novembre)

Si l'on imagine souvent les artistes comme des êtres rêveurs, vivant au-dessus des réalités de ce monde pour se retrancher dans leur univers bien à eux, on ignore parfois qu'ils savent aussi se montrer énergiques, impétueux et jaloux de leur indépendance. Ainsi Rosary s'attire-t-elle les foudres de Dom Duarte car elle n'aime pas baisser les yeux et se soumettre docilement à des coutumes qui lui sont étrangères.

Mais les natives du Scorpion ont un charme irrésistible, même lorsqu'elles ne s'efforcent pas de séduire, et ce sont bien souvent ceux qui veulent les prendre au piège qui se retrouvent prisonniers de leurs filets...

Achevé d'imprimer en août 1985
sur les presses de l'Imprimerie Bussière
à Saint-Amand (Cher)

— N° d'imprimeur : 2133. —
— N° d'éditeur : 852. —
Dépôt légal : septembre 1985.

Imprimé en France